JN034816

新装版

茨《いばら》姫《ひめ》はたたかう

近藤史恵

祥伝社文庫

目次

第一章

ドアを閉めると、不思議な匂いがした。

異臭ではない。けれども、明らかに異質な匂いだった。他人の家の匂い。そう気づいたとたん、心が不安に揺れた。

「姉ちゃん、あと、なんかすることあるか？」

弟の誠《まこと》がパーカーの腕をまくったまま、奥から顔を覗《のぞ》かせる。わたしは無理に笑顔を浮かべて、部屋に入った。

家具は引っ越し業者の人たちがきちんと定位置に置いてくれている。あとは段ボールを開けて、身の回りのものをしまうだけだ。

積み上げられた段ボールのせいで、そのワンルームはよけいに狭く見えた。壁が押し寄せてくるような気がして、わたしは少し肩をすくめた。

狭い。本当に狭い。

もともと住んでいた家も、決して広くはなかった。家族四人で３ＬＤＫ。けれども、この部屋のような圧迫感を覚えたことは一度もない。ひとり用に設《しつら》えられた部屋というのは、こんなにも狭いものだとはじめて知った。

「姉ちゃん。どうする。段ボール開けるか」

誠の声で、わたしは我に返った。

「あ、いいわよ。あとはわたしがやるわ。疲れたでしょ」

「それほどでもないで。ほとんど、業者の人がやってくれたし」

そう言いながらも誠は、うーんと背中を伸ばした。荷物の間に腰を下ろす。

わたしは買っておいた缶コーヒーを彼に渡した。自分の分もとって、誠の横に座る。

「ありがとう。ご苦労様。手伝ってくれて助かったわ」

「いや、別にええけど」

誠は珍しいものでも見るように、新しい部屋の壁をまじまじと眺《なが》めていた。

「なあ、姉ちゃん。本当にここに住むんか？」

「え？」

わたしはプルトップを引く手を止めて、彼の顔を見た。

「なんか、やな感じやねん。このマンション」

彼は天井を眺めながらつぶやいた。

「そんなことないわよ。何軒も見せてもらったけど、ここがいちばんよかったんだから。入居者は女性に限られているし、オートロックだし、ユニットバスじゃないし。駅からの道だって明るいし」

そう、職場のある梅田《うめだ》から三十分以内でこれ以上のところはなかった。豊津《とよつ》の駅から五分ほど。環境だって悪くない。

「でもさ。レディスマンションとか言いながら、管理人は若い男やろ。あれってどうかと思うけどなあ」

「大家さんの息子さんなのよ」

「大家の息子がいい奴とは限らへんやないか。なんか、危なそうな感じの男やったで」

わたしはぬるくなった缶をきつく握りしめた。苛立《いらだ》ちがこみあげる。こうやって、荷物を運びこんだあとで、そんなことを言って、なにになるというのだ。だいたい、完璧な部屋など存在しない。どこかで折り合いをつけなければならないのだ。

いつだってそうだ。誠は安全なところから文句を言うのが好きだった。

わたしは吐き捨てるように言った。

「わたしだって、別にひとり暮らししたくてするわけじゃないんだから」

誠ははっと顔を強《こわ》ばらせた。わたしが家を出なければならなくなったのは、自分のせいだ、ということをやっと思い出したらしい。

それでも彼は謝ろうとはしなかった。

彼は一度も、そのことでわたしに謝罪をしなかった。謝る必要などない、と思っているのだろう。

結婚するまでは、ずっと親元にいるつもりだった。父だって、「女の子がひとり暮らしなんかするもんやない」と、何度も言っていた。

だのに、まるで追い立てられるように家を出ることになったのは、誠のせいだ。まだ大学に行っている身で、彼女を妊娠させて結婚しなければならなくなったのだ。もちろん、新居を構えることなどできないから、両親と同居することになった。さすがにそうなると、3LDKは狭すぎる。仕方なく、わたしが家を出ることにしたのだ。

わたしの不機嫌を察知したのか、誠は缶コーヒーを飲み干すと、立ち上がった。

「じゃ、おれ、もう帰るわ。休みには帰ってくるんやろう?」

「そうね。用事がなかったら」

彼は荷物の間をすり抜けて、玄関まで進んだ。わたしも後に続く。

薄汚れたスニーカーに足を突っ込んで、誠はドアを開けた。

「じゃあな。姉ちゃん、元気で」

その挨拶《あいさつ》は、ひどく冷たく聞こえた。

女になんか生まれるんじゃなかった。

鉦《かね》を叩《たた》くような音で飛び起きた。

音は休みなく続いている。誰かが玄関のドアを叩いているのだとやっと気づいた。目をこすりながら、電気のスイッチを探すが見つからない。

思い出した。ここは、家ではないのだ。今日から新しく借りた部屋。

なんだか落ちつかなくてなかなか眠れず、深夜にやっと眠りについたはずだ。

やっとスイッチを見つけて灯《あか》りをつけた。時計は四時を差している。カーテンの向こうの感じだと間違いなく明け方だ。

恐怖がこみあげる。

いったい、こんな時間に誰がドアを叩いているのだろう。

音は少し休んで、また続く。わたしは耳をふさいだ。まるで、からかうような規則正しいリズムでドアは連打される。

ふいに音が止んだ。しゃがれたような女性の声が廊下に響いた。

「さなえ～、いるんでしょ！　開けてよう」

その声で少しだけ落ちついた。若い女性の声だ。少なくとも強盗や変質者じゃない。たぶん、部屋を間違えているのだ。

わたしはおそるおそる玄関まで行き、ドアスコープに目を押しつけた。

外にいるのは鮮やかなショッキングピンクのスーツに身を包んだ女性だった。長い髪が乱れて、明らかに泥酔しているのがわかる。

ドアを開けるべきか、少し迷った。とたんに、チャイムが連続で押される。不愉快な音が響いて、わたしは耳をふさいだ。

恐怖が少し去ると同時に、腹が立ってくる。こんな時間になんだと言うのだ。

「ちょっと、礼子《れいこ》さん！　なにやってるん！」

明らかにさっきの女性と違う声が、廊下から聞こえた。

ドアスコープを覗くと、眼鏡《めがね》をかけたパジャマ姿の女性がさっきの酔っぱらい女を後ろから抱えていた。

「あれえ、さなえー。なんでドアから出てこないの～」

「なに言っているん。ここ、わたしの部屋やないってば」

パジャマ姿の女性は酔っぱらいを無理矢理ドアから引き剝《は》がした。こちらに向かって言う。

「すみません。ご迷惑をおかけしました」

わたしは、ゆっくりとドアを開けた。パジャマ姿の女性と目が合う。背の高い、冷たい表情の女性だった。

「あの、いったい……」

「すみません。彼女、わたしの部屋とあなたの部屋を間違えたみたいで。ごめんなさい。起こしてしまいましたね」

表情も変えずに彼女はそう言った。あまり申し訳なさそうではない。

「今日、越してこられた人ですよね」

わたしは頷《うなず》いた。このマンションはひとつの階に三つ部屋がある。わたしの部屋は真ん中。挨拶に行こうとしたら、両隣りとも夜まで留守だった。

彼女は、奥の部屋を指さした。

「わたし、こっちに住んでいる坂下早苗《さかしたさなえ》です。この人は、あっち側の部屋の桐生《きりゅう》礼子さん」

「あ、あの、久住梨花子《くずみりかこ》です」

わたしは毒気を抜かれたように名乗っていた。

礼子と呼ばれた女性は、廊下に座り込んで、うつろな目でわたしを見上げた。

「さなえー。この人だーれー？」

「新しく越してきた久住さんやって」

早苗さんは、まるで女教師のように腰に手を当てて、礼子さんの前に立った。

「で、礼子さん。いったいこんな時間になんの用なのよ」

礼子さんは化粧のはげた顔でへらへら笑った。

「お客さんにお寿司おごってもらったの〜。で、おみやげも包んでもらったから一緒に食べようと思って〜」

とたんに、鈍い音が響いた。早苗さんが礼子さんの肩を蹴《け》っ飛ばしたのだ。

「いった〜い！」

「そんなくだらない理由で、人の安眠の邪魔せんといてよ。ここ三日くらい締め切り前で徹夜やってんよ、わたし。寿司なんか持って帰ってひとりで食べ！」

そのまま、早苗さんは礼子さんの腕をつかんで無理矢理立たせる。相変わらず表情ひとつ変えずに、呆然《ぼうぜん》としているわたしに言った。

「お騒がせしました」

そのまま礼子さんを引きずって、彼女の部屋の方へ行く。礼子さんは蹴っ飛ばされたのにもかかわらずご機嫌で、なにやら鼻歌を歌っていた。

わたしは唖然《あぜん》としたままドアを閉めた。大家さんの話を思い出す。わたしが二十四歳だと聞いた大家のおじさんはこう言ったのだ。

「両隣りの人もちょうど同い年くらいの独身女性ですよ。きっと、仲良くなれますよ」

わたしは心の底から思った。

冗談じゃないわよ。


事務所で話題の新刊のポップを書いていると、上から伊坂《いさか》店長の声がした。

「引っ越し、無事にすんだ?」

「あ、はい。おかげさまで」

にこやかに返事した後、急に不安になる。納品伝票を調べていた水科《みずしな》くんの後ろ姿が一瞬、強ばったような気がしたのだ。

「豊津だったっけ。前よりは近くなるんやない?」

「そうですね。少しだけですけど」

伊坂店長はわたしの書いたポップを手に取って眺めながら、話を続ける。

「ひとり暮らしになったら、遊び放題やね」

「いえ、そんな……」

苦々《にがにが》しく思いながら、店長を見上げる。ひとり暮らしになったことは、あまり他人に知られたくなかった。だからといって、店長にまで黙っているわけにはいかないので、届けを出したのだが、この人はわたしのそんな気持ちなど、少しも察してくれていないようだった。

三十代後半で独身。リーフ書店チェーンの中でも、もっとも店舗面積が広い梅田店の店長を任されているだけあって、豪快で男っぽい女性だが、そういう繊細な心配りには無縁の人だ。

夜遊びなんか好きじゃない。二年間、一緒に働いてそんなことはわかっているはずなのに、そんなからかい方をされるのは不愉快だった。

水科くんが、ファイルを片づけて店頭に出ていった。身体中から、緊張が抜けた。伊坂店長は、そんなわたしを見て、少し眉をひそめた。

「そういえば、昼頃、深場《ふかば》ブロック長がくるわ」

「あ、はい」

わたしは頷いて、ポップ書きを再開した。

ひとり暮らしになったことを知られたくないのは水科くんのためだった。わたしより一年遅く、この店に配属になった彼は、小太りで、少し湿ったような髪を持った無口な青年だった。

女子店員の何人かは彼をからかいの対象にした。きちんと仕事をこなしているのに、暗いとか、お洒落《しゃれ》じゃないとか、そういう理由で。そんな雰囲気が嫌いで、わたしは積極的に彼に仕事を教えたり、話しかけたりした。そのせいもあって、彼は次第に職場に馴染《なじ》んでいった。

つきあってくれ、と言われたのは半年前だ。まさか、そんなことは考えていなかったわたしは、みっともないほど動揺し、返事もできずに走り去ってしまった。それから、わたしと水科くんの間には微妙な緊張感が漂っている。

仕事で必要なとき以外、口をきくことはまったくない。だが、彼がそばにくると、空気に重苦しいものが混じった。彼に背中を向けて、書架の整理をしているとき、突き刺さるような視線を感じたこともしばしばだった。

それだけではない。わたしは、自分の住んでいた駅で、何度も彼を見かけたのだ。水科くんが早番や休みの日、わたしが仕事を終えて駅に降り立つと、改札の前で立っている彼がいた。彼は何も言わなかった。わたしが驚いて目をそらしたあとも、そのままそこにぼんやりと立っているだけだった。

そのうちに後を付けられたり、家の前までこられるのではないか、という不安を感じた。だから、ひとり暮らしもしたくなかったし、そのことを知られるのもいやだったのだ。

まだ、彼がはっきりとした行動に出ているわけではないから、他人に相談できる段階でもない。自意識過剰だ、と思われるのはなによりもいやだった。

ポップを書き終わって、店に飾ろうと事務所を出たとき、ブロック長の深場さんとすれ違った。

「あ、深場さん、こんにちは」

「おお、久住さんか。お疲れ」

きっちりプレスされたスーツ姿、がっしりした肩に大きな鞄《かばん》を提げている。目尻の下がった顔で微笑《ほほえ》んで、彼は片手をあげた。

少し、若い頃の父に似たこの人が、わたしは好きだった。もちろん、奥さんも子どももいる人なので、なんとなく憧《あこが》れているだけだけど。

「昼休憩まだだろう。あとで一緒に行こう」

そう言われて、わたしは頰《ほお》が緩《ゆる》むのを隠せなかった。

店頭に出ると、みんなはやけにしゃちこ張って働いている。深場さんがきている日はいつもこうだ。厳しい人だから、伊坂店長だけでなく、みんないやがっている。

わたしは厳しい人は嫌いじゃない。その厳しい期待に応《こた》えることができれば、うまくやっていけるから。今のところ、わたしがいちばんこの店の中で、深場さんに可愛がられていた。

休憩時間を待ち遠しく思いながら、わたしはポップを並べた。


店が終わるのは九時過ぎ。早番の日は六時に帰れるけど、それは週二回だけ。だいたいの日は、すっかり夜も遅くなってから帰りの電車に乗ることになる。

このあたりが普通のOLと違って不自由なところだ。

いつも乗っていた電車へと向かいかけて、はっと気づいた。もう、わたしの家は、今までのところではない。新しい部屋へと帰らなければならないのだ。

まだ、完全に片づいていない部屋のことを考えるとげんなりする。おまけに、帰っても温かい夕食は用意されていないのだ。

最悪。

まだ、慣れない帰り道を急ぐ。夕食の支度をする元気もなく、途中のコンビニでお弁当を買った。

（こんな生活していたら、身体壊すかもしれないわね）

そうなればいい、と少し思う。そうなれば家に帰れる。

マンションの入り口で、わたしは足を止めた。外にある集合ポストの前でだれかが立っているのだ。自分の郵便物を取りだしているのではない。どうやら郵便受けの蓋《ふた》を開けずに、中を覗きこもうとしているように見えた。

わたしはわざと足音を立てながら、中に入った。

不審人物は、びくっと身体を震わせて振り向いた。立っていたのは、このマンションの管理人の青年だった。

「こんばんは」

わたしがはっきりと挨拶したのにもかかわらず、青年は軽く会釈《えしやく》をしただけで郵便受けの前を離れていった。

黒沢和馬《くろさわかずま》という名前だったはずだ。愛想の良かった大家さんと違って、無表情な青年だった。誠が「危なそうな男」と言ったのもなんとなくわかる気がする。病的なほど細い身体を猫背気味に曲げ、音もなく歩く。無造作にのばしたままの髪や、色あせたシャツ。他人の目など、まったく気にしていないような格好だ。

郵便物を取ろうと近づいたとき、あることに気づいて背筋が冷えた。彼が立っていたのは、ちょうどわたしの郵便受けの前だったのだ。いったいなにをしていたのだろう。

引っ越したばかりだから、まだ郵便物はなにも届いていなかった。

ぼんやりしながら、オートロックのドアを暗証番号を押して開けた。ちょうどそのとき、向かいのエレベーターの扉が開いて、中から女性が出てきた。

暗いロビーが一瞬で華やかになる気がした。ペールイエローの上等そうなスーツに、きれいにセットされた髪。粉っぽい香水の香りが離れていてもふわり、と香る。

あきらかに水商売の女性だとわかる美女。一分の隙《すき》もなくきっちりメイクされた顔に目をやったとき、わたしは思わず声を出していた。

「あ！」

ゆうべ、酔っぱらって部屋を間違えた女性だった。彼女は、わたしの反応に驚いたように足を止めた。不審そうにわたしの顔をずけずけと見る。

「なにか？」

ちょうど向かい合うような体勢になってしまう。今から知らないふりをするのも妙だろう。

「あの、わたし、隣りに越してきた久住梨花子と申します」

ああ、と隙のない表情が緩んで笑顔になる。

「ああ、たしか昨日引っ越しでしたっけ？」

「そうです。ゆうべご挨拶に行こうかと思ったんですが、お留守だったから」

「あら、そう。わたし、夜の仕事だから、帰り遅いのよね。それはそれは」

マスカラをぽってり塗った、厚ぼったいまぶたを瞬《まばた》きさせる。

「あれ、でも、なんでわたしのこと知っているの？」

わたしは一瞬迷った。どうやら昨日のことは覚えていないらしい。だが、わたしがなにか言う前に、彼女は自分で気づいたらしかった。

「あっ、もしかして、わたしゆうべ、酔っぱらってなんかやった？」

わたしが頷くと、悪戯《いたずら》っぽい表情で笑って頭をこつこつと叩く。

「あー、やっぱり？　昨日は全然記憶がなかったからさあ。もしかしたらやばいかもって思ってたんやけど。やっぱりまたやっちゃったかあ」

また、ということはよくあることなのだろうか。わたしはこの新しい隣人を呆《あき》れて眺めた。外見だけなら、はっとするような美人なのに、人は見かけによらないものだ。

じゃ、ともう一度お辞儀をして立ち去ろうとしたわたしの腕を、礼子さんはいきなりつかんだ。

「ちょっと待って。じゃ、あんた見てない？」

「え、なにをですか？」

「早苗の奴、わたしに暴力ふるったでしょ」

「え、ええと……」

たしかにゆうべ、早苗さんは礼子さんの肩を蹴っ飛ばしていた。でも、そう言っていいものなのだろうか。

礼子さんはわたしの腕をつかんだまま、もう片方の手で自分の肩をどん、と叩いた。

「ちょっと、聞いてよ。ここ、ここに青痣《あざ》があるのよ。あんた見てない？」

「ええと、早苗さんが……」

「早苗が、殴ったの？」

「蹴ってました」

聞こえないくらい小さな声で答える。

「蹴ったあ？」

礼子さんの片方の眉が大きく上下した。

「信じられない！　蹴ったやなんて許されへん。ちょっと、あんたきなさい。証人」

腕がぐい、と引かれる。礼子さんはそのままエレベーターにまた乗りこんだ。三階のボタンを押す。

「あ、あの、お出かけじゃなかったんですか？」

「そうよ。出勤。でも、蹴ったなんて聞いて、黙ってられへんやないの」

エレベーターの扉が開くと、礼子さんはわたしの手を引っ張って、早苗さんの部屋の前まできた。

チャイムも鳴らさず、ドアノブをつかんで開ける。そのままずかずかと中に上がり込む。

「早苗っ、入るわよ」

手をつかまれたままだから、逃げられない。わたしもそのまま部屋に上がる。

わたしの部屋と同じワンルーム。だのに、そこは魔窟《まくつ》のような状態だった。大量の本やマンガが、本棚からはみ出して、床の上に積み重ねてある。むっとする煙草《たばこ》の匂いに、わたしは眉をひそめた。

「なによ、礼子さん」

早苗さんは、窓際の机に向かっていた。椅子ごとこっちを振り返る。わたしの顔にもちらりと目をやったが、なにも言わなかった。

礼子さんは、ベッドの上にどさりと腰を下ろした。この部屋の中で、空いているのはそこだけだ。しかし、ベッドの頭のほうには本や雑誌、足のほうには脱いだ洋服が積み重ねられている。とても、若い女性の部屋だとは思えない。

視線を下に落とすと、いきなり外人男性のヌード写真集が目に入った。驚いて目をそらす。

わたしは礼子さんに腕をつかまれたまま、ベッドの横に立った。早苗さんに軽くお辞儀をしたが、彼女はほとんど反応しなかった。

「さっき、玄関でこの人に会って、話を聞いたんやけど」

この人、と言いながら、わたしの手を引っ張る。

「早苗、ゆうべ、わたしのこと蹴ったんやって？　肩のところ青痣になっているんやけど」

早苗さんはくわえていた煙草を、灰皿に戻した。灰皿には吸い殻がてんこ盛りになっている。机の上にも、コーヒーカップがいくつも重ねられていた。

彼女は少しも狼狽《ろうばい》せず、きっぱりと言った。

「前に言ったはずやけど。今度、酔っぱらってわたしに迷惑かけたら、遠慮なくどつかせてもらうって」

「そりゃ、多少はどつかれてもしょうがないかもしれないけど、蹴ることはないでしょう。蹴ることは」

「かるーく、蹴っただけやよ。グーで殴ったほうがよっぽど痛いわ」

「でも、青痣になってるんよ」

「それは悪かったわ。じゃあ、わたしも今度から気をつけるから、礼子さんも酔っぱらって奇行をはたらくのをやめてよ」

さらり、とかわされて、礼子さんは返事に詰まった。軽くため息をつく。

「わかったわよ。今度から気をつけるわよ。それでいいでしょ」

高そうな腕時計をちらり、と見ると、彼女はやっとわたしの手を離した。

「ああ、もう、時間ないわ。梨花子さん、じゃあ、また今度ね」

そう言い残すと、きたときと同じ性急さで、ばたばたと部屋を出ていった。

早苗さんとふたりで、部屋に取り残されることになったわたしは、困って視線をさまよわせた。

黙って出ていくわけにもいかないし、じゃあ、さようなら、と言うのも変だ。

彼女は新しい煙草に火をつけて、煙を吐き出した。

「あの……、礼子さんに言ってしまってごめんなさい」

彼女は、聞き返すかわりに、目を細めた。

「ゆうべのことです」

「ああ」

彼女は、顔にかかる長めの前髪をかき上げた。あきらかに、長いこと美容院に行っていない髪形。格好も、よれよれのスエットだ。

「別にええわよ。なにもやましいことをしているわけじゃないんやから」

そう言ってもらって、ほっとする。わたしは頭を下げた。

「じゃ、お邪魔しました」

「待って」

呼び止められる。振り向くと、彼女は椅子から立ち上がってわたしのほうに近づいてきた。

「なにか？」

「一応、これだけは言っておくわ。わたし、あんたみたいなタイプ、大嫌いやから」

一瞬、なにを言われたのかわからなかった。彼女の長身は、わたしの前まできて止まった。自然に見上げる形になる。

「いかにも、優等生のいい子ちゃんって感じ。世の中に向かって、恥ずべきことなんてなんにもないって顔している」

怒りで、身体が震えはじめるのがわかった。優等生のいい子ちゃん。たしかに、そういうことばは何度か言われたことがある。面と向かって、馬鹿にしたように言われたことも、陰でこっそり囁《ささや》かれていたことも。

でも、会ったばかりの人に、なぜそんなことを言われなくてはならないのか。

なにか言い返そうと思った。だが、口を開けてもことばは出てこなかった。

彼女はそんなわたしを鼻で笑った。だが、すぐきつい目になる。

「さっき、わたしの部屋に入ってきたときから、あんた、自分がどんな顔してこの部屋を見ているか、わかっている？」

「どんな、顔？」

「そう、まるで、汚いものを見るような目で、わたしの部屋を眺め回していたでしょう」

わたしはぼんやりと彼女を見上げた。わたしはそんな顔をしていたのだろうか。

わたしにとっては、こんな部屋に住んでいること自体信じられない。それはたしかだ。

思わず言った。

「だって、汚いもの。そう思われるのがいやだったら、きれいにしておけばいいじゃない」

彼女はまた怒ると思った。でも、呆れたように肩をすくめて、笑っただけだった。

「あんたって、もしかして天然入ってる？」

「なによ、それ！」

自分から絡んできて、その言いぐさはいったい何なのだろう。怒りのあまり、泣きそうになる。

「わたしもあんたみたいな無神経な人、大嫌い！」

「そう、気があったわね」

わたしは今度こそ、背を向けた。これ以上言い争っていると、涙が出そうだった。靴を履《は》いて、ずんずんと外へ出る。

自分の部屋に帰ると、荷物を玄関に投げ出して、わたしはそのままベッドに突っ伏した。

やるせない気持ちにとりまかれて、どうにかなってしまいそうだった。泣きたかった。

どうしてこんな部屋を選んでしまったのだろう。自分の運の悪さが、情けなくなる。

たったひとりの静かな部屋。その重苦しさに耐えきれず、わたしはもそもそと起きあがると、テレビをつけた。

甲高《かんだか》い声の女性アナウンサーがローカルニュースを読んでいた。大して興味もないので、そのままにして立ち上がる。

ベランダの洗濯物を取りこむために、ガラス戸を開けた。夜風に背中を丸めながら、急いでハンガーから洗濯物を外していると、アナウンサーの声が耳に入ってきた。

「昨夜、摂津《せっつ》市のマンションで、ひとり暮らしの会社員の女性が惨殺されるという事件が起きました。被害者の女性は……」

思わず、手が止まる。摂津といえば、ここから、そんなに離れていない。洗濯物をそのままに、テレビの前に戻る。

画面には被害者の女性の顔写真が映っていた。旅行時のスナップ写真らしいはしゃいだ顔。飛び抜けて美人でもない、ごく普通の、わたしと同年代の女性の顔。

ぼんやりしているうちにニュースは、今夜の野球の結果に変わっていた。けれども、わたしはテレビの前から動けなかった。

こんな気分になったのははじめてのことだった。実家にいる間は、こんな事件なんて自分に関係ないことだと思っていた。

けれども。

今、わたしはひとりなのだ。窓から変質者が忍び込んできたとしても、だれも守ってはくれない。背筋がぞっとして、わたしは身震いした。

思わず、開けっ放しの窓に目をやった。窓の外には重苦しい暗闇が広がっていた。

第二章

　入稿を終えたばかりの編集部は、まだ少しざわついているが、妙に明るい。ほどよい解放感と、身体に残る疲れ。

　ぼくは、伸びをすると、机の上に顔を伏せた。思わずつぶやく。

「愛ってなんなんやろう」

「おーい。だれかきてくれー。小松崎《こまつざき》がおかしくなったぞー」

　隣りの席の沢口《さわぐち》が声を張り上げる。

「独《ひと》り言や。気にせんといてくれ」

「ものすごい独り言やなあ。なんやあ、彼女とうまいことといってへんのかあ?」

　うー、と呻《うめ》いて沢口から顔を背けた。

　彼女とうまくいっていない、とかそういうレベルの話ではない。「彼女」にさえ、なかなかたどりつけないから悩んでいるのだ。

「なあ、沢口」

「なんや」

「彼女って、なんなんや」

言ったそばから、額《ひたい》に手が伸びてくる。

「熱あるんとちゃうか。大丈夫か。小松崎」

「熱はない。そういう意味では大丈夫や。なあ、彼女ってなんなんやと思う?」

机の上に顎《あご》を突き出して乗せる。沢口はただでさえ狭い眉間《みけん》をいっそう寄せて、ぼくを見下ろしている。

「そりゃあ、つきあっている女のことやろう」

「つきあうってなにかなあ」

とたんに、机の脚が蹴られる。振動が顎に伝わってきて、ぼくは呻いた。

「おまえは子ども電話相談室か。なにわけわからんこと言ってるねん」

「週に一回、映画に行ったり、飯食うたりするのはつきあっていることになるんかなあ」

「そら、本人らの気持ち次第やろう。本人らがつきおうてる、と思えば、つきおうてることになるやろうし、本人らがつきおうている気がなければ、そら、ただの友だちやろう」

正論である。たしかにそうだ。ぼくは深いため息をつく。

「ははーん、なにか。好きな子がいるけど、その子の気持ちがわからんのか?」

沢口が、にやにや笑いながらぼくの頭を上から押さえつける。

「小松崎くん、可愛いなあ〜」

「やめてくれ、気持ち悪い」

たしかにぼくには好きな女の子がいる。彼女とは、一週間か二週間に一度、会って映画を見たり、食事をしたりする。だが、それだけなのだ。いつも誘うのはぼくのほうで、彼女のほうから声をかけてくれることはない。それどころか、微妙に予防線を張られているというか、距離を置かれている感触があるような気がする。でも、誘えば、予定がない限りは会ってくれる。そういう、なんだか中途半端な関係なのだ。それがもう三カ月くらい続いている。いい加減、もう少し進展したい、と思うのも無理はないだろう。

沢口が呆れたような口調で言う。

「きいたらええやんけ。俺のこと、どう思っているんやって」

「それはそうなんやけど」

「けど、なんやねん」

「なんていうか、めっちゃデリケートな女の子なんや。だから、どうしてええのかわからへん」

押してどうにかなるのなら、とっくに押しきっている。だが、ぼくは彼女の繊細さをどう扱っていいのか、はかりかねているのだ。

「その、なあ。なんつーか、まるでガラス細工みたいな……」

いきなり頭をはたかれる。

「やめとけやめとけ。そんな女はおまえには向かへん」

「なんでやねん」

「おまえなんか、普通よりも相当鈍感で能天気やないか。そんなガラス細工のお嬢さんとうまいこといくわけない」

ぼくは返事に詰まった。思い当たるふしが相当あるだけに、そのことばはこたえる。

「せやろか」

「そうに決まっている。まあ、そういう繊細な美少女に憧れる気持ちもわかるけどな。こう、白いワンピースの似合うような、な」

勝手に沢口は頭の中で、ぼくの相手を空想しているらしい。

「女なんて、多少気が強くて、こっちを尻に敷《し》くくらいのほうがええんや。言いたいことも言えへんような女とは、結局うまくいくわけないんや。特に、おまえみたいなタイプはな」

「うー」

ぼくは机に額を擦《こす》りつけた。たしかに言われていることにはいちいち納得がいく。けれども。

見れば、編集部の人間は、もう大半が帰ってしまっていた。沢口も鞄を持って立ち上がる。「ま、ゆっくり考えてみ」

ぼくは下を向いたまま返事する。

「今、考えている」


まっすぐ帰ろうと思ったが、急に気が変わった。ゆうべから徹夜なので、身体が重い。帰りに例の場所に寄って帰ることにする。

以前よりはかなり体に気をつけるようになっているし、体調もよくなってきているが、やはり週刊誌の記者などという仕事をしていると、どうしても毎日の生活が不規則になる。二十代も半ばを過ぎると、勢いと気力だけで、無理が続くわけはない。

戎橋《えびすばし》通りを東に抜け、入り組んだ路地を入っていったところに、その雑居ビルはある。居酒屋やバーの看板をすり抜けて、奥のエレベーターに向かう。

エレベーター脇の鏡で、髪や服の襟元などを直してから、きた年代物のエレベーターに乗りこむ。

　エレベーターは最上階につくが、これで終わりではない。ここから、また階段を上がって屋上に向かうのだ。まったく、いつきても、面倒な道のりだ。効果がなく、そうして、もうひとつの理由がなければ、とっくに通うのをやめてしまっているだろう。

　屋上には安っぽいプレハブが建っていた。まわりにもっと高いビルが多いせいで、日当たりも悪く、薄ら寒い。

「接骨・整体　合田《ごうだ》接骨院」

　まるで、道場の看板のような板に、黒々とそう書かれた看板を横目で見ながら、引き戸を開けて中に入った。

　受付には誰もいない。休診日ではないはずだが、どうしたのだろうか。

　ぼくは声を張り上げた。

「こんにちは。小松崎ですが」

「あ、雄大《ゆうだい》くん。こっちこっち」

　診察室のふたつあるカーテン。その奥のほうから、ここの助手の恵《めぐむ》さんの声がした。

　なんの気なしに、開いている隙間から中を覗いたぼくは、飛び上がりそうになった。

　薄いレースのスリップでベッドに寝そべる恵さん。そして、その背中に覆《おお》い被《かぶ》さっているのは、ここの院長である合田力《りき》先生だった。

「うわっ、すみませんっ！」

思わぬ光景を目にしてしまったショックで、ぼくはカーテンを閉めて、診察室から走り出た。

受付の前で、思わず息をつく。頭の中には一瞬だけ見てしまった恵さんの悩ましいスリップ姿が焼き付いている。

華奢《きゃしゃ》な肩にかかった細いストラップと、そこからちらりと見える控えめな谷間を思い出して、ぼくは深くため息をついた。

「おい。小松崎」

気がつくと、後ろに力先生が立っている。短く刈り込んだ頭に、よれよれの白衣。東南アジア系のような彫りの深い顔立ちが、こっちをにらみつけている。

「うわ。すみません。覗くつもりなかったんですっ」

気恥ずかしさにたまらず、プレハブを出ようとすると、がしっと腕をつかまれた。細い腕だが、妙に力が強い。

「おまえ、なんか誤解してへんか？」

「ご、誤解？」

奥のカーテンから、恵さんも顔を出す。

「別に、悪いことしてたわけじゃないわよ。整体を受けてただけ」

恵さんは相変わらず、下着姿のままだ。カーテンで軽く身体を隠してはいるが、生の肩や胸元のレースがちらりと見えて、ぼくは再び狼狽した。とはいえ、目をそらさず見てしまうのが情けないところだが。

「そうや。なんか今日はあんまし患者がけえへんからな。恵を調整してやってたんや。変な誤解するなよ。いくらおれでも、いつ患者がくるかわからんところで、そんな不埒《ふらち》な振る舞いはせん」

いくらおれでも、というのはなんなのだ。しかし、まあ、とんでもないところを目撃してしまったのでなくてよかった。ぼくは額の汗を拭《ぬぐ》った。

恵さんは下を向いてくすくす笑っている。少年のように短い髪形と、あまり化粧っけのない肌。それと、あまりにも女らしいレースの下着の組み合わせが、妙に悩ましく目に焼きつく。恵さんには単なる好感以上のものを抱いているわけではないのだが、それとこれとは別の話である。

「恵。早く服着ろ。小松崎が動揺しているぞ」

力先生に言われて、恵さんは拗《す》ねたように下唇をつきだした。

で、数倍色っぽく見えるものである。


「夏に着ていたキャミソールとかと、露出度は変わらないんやけど」

そういう問題ではない。たとえ露出度は同じでも、それが「下着」であるというだけで、数倍色っぽく見えるものである。


「少しは出し惜しみせえ。ありがたみが減るぞ」

力先生に重ねて言われ、恵さんはぼくに向かって一瞬だけ微笑《ほほえ》むと、カーテンの中に引っこんだ。

やっと悩ましい光景から解放されて、ぼくは息をついた。

「力先生。よく平気ですね」

思わず言うと、先生は重たげなまぶたをあげて大きく頷いた。

「仕事モードやからな」

ぼくは診察室を覗いた。恵さんと先生以外に人の気配はない。

「歩《あゆむ》なら、今日は休みやで」

尋ねる前に、思っていたことを言い当てられ、ぼくは軽く肩をすくめた。

「なんや学生時代の友人がこっちきてるとかで、今日は朝から休暇とっているわ」

「はあ、そうですか」

落胆したような声が出る。歩ちゃんが休みなのだったら、日を変えればよかった。

「おまえ、整体受けにきているんか、歩に会いにきているんか、どっちやねん」

「い、いえ、整体受けにきてるんですよ」

心の中で「半分は」と付け加える。それにしても、この先生には考えていることの半分くらいは読みとられてしまっている気がする。まあ、もともとぼくは頭の中身が顔に露骨に出てしまうらしいのだが。

歩ちゃんというのは、ここのもうひとりの助手であり、恵さんの妹だ。とはいえ、涙袋のぷっくりとした目の形以外は、姉妹ふたりはまったく似ていない。そうして、彼女こそが、ぼくのここしばらくの憂鬱《ゆううつ》の最大原因であるのだ。

恵さんが白衣に着替えて奥から出てくる。白衣の下はあの下着姿なのだろうか、などと、思わず考えてしまう。

「じゃ、小松崎。中に入って着替え」

Tシャツと短パンに着替えて、寝台にうつぶせになる。すぐに力先生が入ってきて、横に立った。

ゆっくりと指先がなにかをたしかめるように背中を撫《な》でる。

「調子、ええことないんか？」

いきなり聞かれて驚く。

「え。そんなことないですよ。ちょっと疲れているだけで」

「ふうん」

先生は手の甲を、ぼくの首筋にあてた。そうして、次にふくらはぎに触れる。

「上だけ体温が高いな」

「え？」

「頭だけで、なんかひねくりまわして考えているんちゃうか」

ぼくはぽかん、と先生を見上げた。すぐに頭を元の位置に戻される。

「頭だけ使うと混乱するぞ。もっと、身体使って考えろ」

そう言うと、先生はぼくの背中にまたがった。頭のてっぺんに指をあてて、ぐっと力を入れる。

鈍い痛みが走り、そのあと、ゆっくりと血が流れ出すようなむず痒《がゆ》い感触が広がっていく。

ぼくはうっとりと先生の施術に身を任せながら尋ねた。

「身体で考えるってどうすればええんですか」

「そのくらい、自分で考えろ。ボケ」

約束の時間より、少し遅れた。急いで、編集部に飛びこむと、坂下早苗さんはもうきていた。ぼくの机の横で、所在なげに立っている。

「ごめん。お待たせ。そこにでも座っていてくれればよかったのに」

パーティションの向こうのソファを指さすと、にこりともせずに言う。

「いえ、今きたばかりですから」

横に立たれると、ぼくよりもかなり背が高い。百七十以上はあるだろうか。少しコンプレックスが刺激されて、苦笑いになる。まあ、低めの身長とも、長年つきあってきたから今さらどうこう思うことは少ないが、やはり背の高い女性と並ぶのは苦手《にがて》だ。おまけに彼女は踵《かかと》の高い靴を履いていた。今まで知っていた長身の女性はこんな靴、履きたがらなかったのにな、と少し考える。

ぼくは彼女をソファへと案内した。ついでにコーヒーマシーンからコーヒーをふたり分注ぐと、彼女の元へ戻る。

「いつも早く持ってきてくれてありがとう。助かるよ」

そう言うと、彼女は少し笑って封筒をぼくに差し出した。

「いえ、ほかの仕事との兼ね合いもあるから」

彼女は駆け出しのマンガ家だ。以前からつきあいのあるイラストレーターさんの美大の後輩だ、というので紹介され、少し前からうちの週刊誌「週刊関西オリジナル」でイラストを描いてもらっている。

彼女に頼んでいるのはエッセイにつくイラストというか、一こまマンガのようなものだ。「OLのナイショ話」というベタなタイトルで、大阪在住の女性エッセイストが書いている。

最初に坂下さんを紹介されたときは少し迷った。そのコラムは、ブランドものの名前や、今女の子の間で流行《はや》っているものなどについて、おもしろおかしく扱った軽めのものである。しかし、はじめて会った彼女は、切りっぱなしのショートヘアと、眼鏡、まるで銀行の制服のようなスーツ姿で、どう見ても、流行に詳しいようには見えなかった。お洒落にすら興味なさそうだ。

しかし、試しに頼んでみると、意外にも繊細な線で、少し皮肉っぽい笑いの入った可愛らしいイラストを描いてきてくれた。こっちが考えていたものとかなり近く、まわりの評判もなかなかいい。

一度、「こういうのに興味あるの？」と聞いてみたのだが、彼女は別に気を悪くした様子もなくこう答えた。

「興味はまったくないです。でも、資料として雑誌は見るし、友だちが持っていることもあるから、見せてもらいます」

今回のエッセイは、たしかネイルサロンについてのものだった。昨日ファックスして、今週中にということで頼んでいたのだから、もともとスケジュールに入っていたとはいえ、驚異的な早さだ。

ぼくは封筒からイラストを取りだした。とたんに、ぷっと噴《ふ》き出してしまう。そこには、可愛い女の子と、その子の手を握る男が描かれていた。で、女の子の爪には、ドラえもんやハローキティのイラストが描かれていて、男の子は手を握りながら困惑している。

「こういうの本当にあるの？」

ぼくはキティちゃんの爪を指さして尋ねた。

「ええ、本当にあります。しかも人気あるらしいですよ」

まったく女性の考えることはよくわからない。

イラストは女の子がとても可愛く、色っぽく描かれている。一応、読者層はオヤジがほとんどだから、それだけでありがたい。

「坂下さんって、どんなマンガ描いているんやったっけ。少女マンガ？」

そうきくと、少し苦笑いを浮かべた。

「まあ、そういうもんです」

そういうもん、というのはどういう意味だろう、と考えたが、どっちにしろ、ぼくはあまり少女マンガにはくわしくない。きちんと説明されてもたぶん、わからないだろう。

ちょうど編集長がぼくの横にやってきて、原稿を覗きこむ。

「あ、これ、次の号の『ＯＬ』のイラストです」

編集長は受け取ると、眼鏡を押し上げてそれを見た。

「へえ。可愛いやないか。お疲れさん」

坂下さんは、ぺこり、と頭を下げた。

「ところで、小松崎。『ストーカー』の取材はいつや」

いきなり言われて、ぼくは頭の中のスケジュール帳をめくる。

「七日に行きます。速攻で原稿あげたら間に合うはずです」

「そうか。頼むで」

編集長が立ち去ってしまうと、坂下さんはぼくの顔を見て不審そうに尋ねた。

「ストーカーを取材するんですか？」

「いや。ストーカーの被害に遭《あ》った女性を取材することになってんねん」

「あ、そうですよね。ストーカーしている人を取材するのかと思った」

「それおもしろそうやなあ。取材させてくれれば、の話やけど」

笑いながら、ぼくは思い立って、彼女に尋ねてみる。

「そういえば、坂下さんの友だちでストーカーの被害に遭っている女性っておれへんか？」

最近、その手の被害に遭った女性の体験手記や、インタビューなどを扱うことが多くなっている。今頃、ストーカーの話題とは、やや機を逸した観があるが、まあこっちは単なる関西ローカルのゴシップ雑誌だ。おもしろければそれでいい、というのも、不謹慎な話だが。

坂下さんは少し遠い目になって考えた。

「少し聞いてみますね。直接的にはいないけど、友だちの友だちだったらいるかもしれないし」

「ほんま？　頼むわ」

帰る坂下さんを、エレベーターの前まで送っていく。ふと、彼女が何度も肩に手をやっていることに気づいた。

「肩、凝《こ》るん？」

彼女は頷いて、大きく首を回した。

「やっぱり、手先を使うからかなあ」

「もしよかったら、うまい整体師、紹介するけど」

「あ、本当ですか？　教えてください。あんまり高いところやったら行かれへんけど」

「大丈夫。そんな高くないで。まあ、整体師はかなり偏屈やけど、腕は保証するわ。でも、ちょっと、場所がわかりにくいんや。次の原稿をファックスするときでも、一緒に地図送るわ」

「お願いします」

エレベーターがくる。彼女はかつかつと靴の踵を鳴らしながら、エレベーターに乗りこんだ。

「じゃ、失礼します」

お辞儀をするのと同時にエレベーターの扉が閉まった。

ぼくはなんとなく、彼女のハイヒールのことを考えながら、自分の席に戻った。

呼び出し音は三回だけ鳴った。

「はい」

聞き間違いようのない、かすかに鼻にかかった声。ぼくはつばを飲みこむと、むやみに明るい声を出した。

「あの、ぼくだけど。歩ちゃん？」

「小松崎さん？」

何度電話しても、どうしようもないくらいに緊張するのは、やはりぼくがこの子のことを好きだからなのだろう。

「昨日、整体受けに行ったんやけど、歩ちゃん休みやったよね」

「ええ、学生時代の友だちで、結婚して大阪を離れていた子が、遊びにきてたんです。だから、ちょっとお休みもらって……」

「うん。力先生がそう言ってた」

少しの沈黙でさえ、なにか意味を持つようで、戸惑いながらぼくはことばを重ねる。

「歩ちゃん、来週の月曜日の夜って空《あ》いている？」

「あ、空いていますけど。なんですか？」

「クラシックのコンサートのチケットがあんねん。アマチュアのので、そんな大層なやつやないんやけど。よかったら一緒に行ってくれへんかなあ、と思って」

彼女は電話の向こうで少し黙った。だが、すぐに返事が返ってくる。

「ええ、大丈夫です。わたしでいいんですか？」

「あ、うん。もちろん」

ぼくは待ち合わせ時間と場所を決めた。普段なら、もう少し世間話などするのだが、今日はなぜか、あまりそんな気になれなかった。電話をかける前にした決意のせいかもしれない。

今度会ったら、必ず彼女の気持ちを確かめる。

もしかしたら、こうやって会うこともできなくなってしまうかもしれない。だからといって臆病になっていては、なんにも進まない。

元ソニータワーの前で待ち合わせをすることに決めたあと、急に彼女は黙った。

「あ、歩ちゃん？」

「はい？」

呼びかけたものの、なにを言っていいのかわからない。

「い、いや、なんでもない。月曜日楽しみにしているから」「ええ、じゃ、月曜日に」

「じゃ、お休み」

ぼくは受話器を耳から離した。彼女は決して自分から受話器を置かない。彼女とつながるこの電話線を名残《なごり》惜しく思いながら、ぼくはゆっくりと受話器を置く。

第三章

また、コンビニで夕飯を買った。

疲れ切っていて、揚げ物の入ったお弁当など食べる気にならなかったから、おにぎりをふたつとデザートにヨーグルト、少し悩んでペットボトルのお茶も買った。

レジでお金を払いながら、思う。こんなの、なんかいやだ。

今まで、自分の部屋でペットボトルのお茶を飲む、なんてシチュエーションを考えたことなどなかった。お茶は、母が淹《い》れてくれるもの、もしくは自分でお湯を沸かして淹れるものだ。実家で、ペットボトルなんか買って帰ったら母に怒られただろう。もったいない、と。

それでも、部屋に帰って、お湯を沸かしてお茶を淹れる、それだけのことがどうしてもおっくうだった。

コンビニの袋を肘《ひじ》にかけ、ジャケットの前を合わせてマンションへの道を急ぐ。

後ろから、たったたっ、と軽快な足音が聞こえた。Gジャンを着た女性がわたしを抜かしていく。ストレッチ素材のタイトスカートがウエストから腰への女らしいラインを主張している。

ふと、その女性が振り向いた。

「梨花子さん？」

「え？」

急に名前を呼ばれて驚く。彼女はこっちに向かって歩いてきた。両手にビールが入った袋を提げている。

電灯の下にきてはじめて気づく。桐生礼子さんだった。

「あ、こんばんは」

昨日のように派手な化粧をしていないので気づかなかった。長い髪を軽くひとつにまとめて、ラフな格好をしている。とはいえ、そばに寄ると甘すぎる香水の香りが漂って、わたしは眉をひそめた。

疲れているときの香水の香りは苦手だ。

彼女はそんなわたしの気持ちには気づかないようで、横に並んで歩き始める。

「今、お仕事の帰り？」

「ええ、そうなんです」

「なにやっているの？　ＯＬ？」

「書店で働いているんです。梅田の」

「へえ。じゃあ、雑誌とか安く買えるの？」

わたしは苦笑する。会ってすぐにもかかわらず、こういうことを言う人は多い。

「桐生さん、今日はお仕事は？」

「礼子でいいわよ。今日はオフなの。ビール買いに行ってたん」

彼女の両手がビールでふさがっていたので、わたしがオートロックを解除する。ロビーの明るい光の下で見た彼女は、いつもほどじゃないけど、きっちりメイクして、大きめのピアスなどぶら下げている。

「そうだ。梨花子さん、うちけえへん？」

「は？」

「今、鍋やっているの。材料買いすぎちゃったし、一緒に食べへん？」

「でも……」

彼女はいきなり、わたしの持っているコンビニの袋を覗きこんだ。

「あーあ、おにぎりなんか買っちゃって。野菜も食べなきゃ美容に悪いわよ。ねえ、おいでよ」

「え、ええ」

強引に押し切られて頷く。三階に上がると、わたしは自分の部屋に荷物だけ置いて、礼子さんの部屋に向かった。

玄関先には華奢で踵の高いパンプスが散乱していた。その中に混じって、明らかに男物の黒い靴がある。

「ただいまー」

礼子さんが靴を脱ぎながら叫ぶ。少し後悔した。たぶん、友だちや彼氏がきているのだろう。人見知りするたちだから、知らない人は苦手だ。

「遅かったなあ。なにしててん」

男の人の声が奥からする。

「お客さん連れてきたの。ささ、入って」

いまさら、いやだとも言えずにわたしは靴を脱いで部屋に上がった。

予想に反して、部屋にいるのは男性がひとりだけだった。さっきの靴は全部、礼子さんのらしい。

男性は寝転がって、テレビのサッカー中継を見ている。

「梨花子さん、彼、亮治《りょうじ》。わたしのダーリン」

臆面もない言い方に、少し赤面しながらお辞儀する。

「この人、こないだ隣りに越してきたばかりの梨花子さんよ」

亮治さんはわたしを見て、顎を突き出すように軽く頭を下げた。

「さ、座って、座って」

わたしは言われるままに、亮治さんの向かいに座った。

モデルみたいな二枚目だった。日焼けした精悍《せいかん》な肌に、すっきりした一重瞼《ひとえまぶた》。イタリア製のような派手な模様編みのセーターがよく似合う。

少し水商売の匂いがする。たしかに礼子さんとお似合いのカップルだ。わたしとは、まったく関係ない世界の。

こたつの上にはコンロと出汁《だし》の入った土鍋、きれいに切った野菜と魚が用意されている。

「そういえば、早苗は？」

「部屋に帰っている。すぐ戻るって、言ってたけど」

また後悔する。早苗さんがきているとは知らなかった。昨日、あんなことを言われたばかりなのに、顔を合わせたくない。

帰ろうか、と迷っていると、玄関のドアが開いた。

「礼子さん、帰っている?」

早苗さんの声。わたしは肩をすくめた。

「今帰ってきたわよ。なにしてたん?」

「ちょっとね」

早苗さんはずかずかと中に入ってきた。わたしを見つけると、少しだけ眉を動かす。相変わらず、感情を顔に出さない人だ。わたしは不快さを隠して、軽くお辞儀をした。

「ちょうど、梨花子さんと会ったから連れてきちゃった。今日、材料買いすぎちゃったし」

「ふうん」

早苗さんは手に持った小鉢を、こたつの上に置いた。三つある。

「なに?」

「おつまみに、と思って。ささみのおろし和《あ》え」

「ラッキー。ありがとう!」

さっそく、小鉢を引き寄せようとする礼子さんの手を叩く。

「ちょっと待って。梨花子さんの分も分けなきゃならないでしょ。なんか入れ物ない?」

あわてて言う。

「あ、わたし、お酒飲まないし、別にいいです」

早苗さんは眼鏡の下の細い目で、ちらり、とこっちを見た。

「お酒飲まなくちゃ食べられないわけじゃないでしょ。食べたくないっていうなら別やけど」

いやな感じだ。なにか言い返そうとしたけど、ことばが見つからず、わたしは黙った。

「礼子さん、なんか借りるわね」

早苗さんは立ち上がって、台所に向かった。亮治さんが苦笑いする。

「怖い女やなあ。気にせんとき」

冗談めかした言い方に、少し緊張がほぐれる。第一印象では、少し尊大な感じを受けたけど、実際は意外と気配りの人かもしれない。

早苗さんは、可愛い絵のマグカップを持ってきて、そこに小鉢の中身を分けた。コンロにも火をつける。

礼子さんは買ってきたビールをそれぞれの前に配っている。

「梨花子さん、お酒飲まへんの？」

「ええ、飲めないです」

本当は少しぐらいなら飲めるけれど、居心地が悪くてそんな気にはなれない。失礼にならない程度に食べて、さっさと帰りたかった。

「なんか、ええとこのお嬢さんみたいな子やなあ。両隣りがこんなんでびっくりしたやろう」

亮治さんに言われて、礼子さんは唇を尖《とが》らせる。

「こんなんってなによ」

「ホステスと女オタク」

早苗さんは野菜を鍋に移しながら、ふん、と鼻で笑った。

「ええやん、別になんとも思ってへんやんねえ」

礼子さんに明るく言われて、あわてて頷く。

「もちろんです」

早苗さんがなにか言わないか、と思ったけど、菜箸《さいばし》で鍋をかきまわしているだけだった。

「わたしら、よくこうやって一緒に晩御飯食べるねん。ひとり分作るのって、どうしても無駄が出るやん。ひとりで食べるのも、なんか寂しいしさあ。今度から、梨花子さんも誘うね」

返事に困って曖昧《あいまい》な笑みを浮かべる。早苗さんはもちろんのこと、正直な話、礼子さんとも気が合うとは思えなかった。さっきから、この香水の香りに辟易しているのだ。

ふと、両親のことを思いだした。あのふたりなら「隣りが水商売の女性だ」というだけでいい顔はしないだろう。もしかしたら、「そんなマンションは引っ越せ」と言うかもしれない。

礼子さんはかなりのハイペースでビールを飲みながら、自分の店にきたお客の愚痴《ぐち》をこぼしている。

「煮えたわよ。食べたら」

早苗さんの声で我に返る。彼女はポン酢を入れた器《うつわ》をわたしに差し出していた。

「あ、いただきます」

ぐつぐついっている土鍋から、白菜を取って食べる。喉《のど》を温かい食べ物が通り抜けていく感触に、わたしは深い息を吐いた。

「おいしいです」

「ね。家でコンビニおにぎり食べるよりずっといいでしょ」

礼子さんが鱈《たら》を自分の器に入れながら笑った。わたしは複雑な気持ちで頷く。

「そういえば、梨花子さん、あの人知っている?」

彼女はテレビでよく見る作家の名前をあげた。

「ええ、本も何冊か読んだことあります」

「さっすがー。彼が昨日うちの店にやってきたのよ」

「ほんとですか？」

「ほんと、ほんと。なんか関西の大学で講演があったらしいのね。でさあ、テレビで見ると、なんか知的でちょっと格好いいやん。あの人」

「ええ」

「でも、なんかすごい助平で、触りたがりなん。幻滅しちゃったわあ」

「そうなんですか？」

「そうそう。それも変なことばっかり。二の腕とか耳とか触るの。変態じゃないかなあ」

なんだか、とてもいやな気がした。以前読んだその作家の小説には、女性に対する優しさがあふれていたような気がしたのに、そんなのは建前にすぎなかったのだろうか。

思わずつぶやいた。

「男の人って、みんなそうなのかなあ」

言ってしまってから気づく。亮治さんがいるのに、気を悪くしたかもしれない。しかし、彼はテレビのほうを向いたままだった。

礼子さんは、ビールを飲み干してしまうと、笑いながら言った。

「そうよ。男なんて一皮剥《む》けばみんな助平なんだから。こんな仕事しているとよくわかるわよ」

「そりゃあ、礼子さんみたいな仕事しているとね」

早苗さんの声が急に飛んでくる。

「クラブなんて、男の人がお金払って甘えに行くところでしょう。まあ、そんなところで働いていれば、男の人のいやらしい部分がいやでも目に入ってくるでしょうね」

わたしは呆然と早苗さんを見た。どうしてこの人は、こんなにものをずけずけと言うのだろう。

だが、礼子さんはもう酔っているのか、大して気にした様子もなかった。おかしそうに笑う。

「そういえばそうよねえ」

亮治さんは手を伸ばして、鍋の中からしめじを取る。

「そうそう。おれかて、女なんか最悪、と思うことようあるで」

驚いて尋ねる。

「亮治さんって、なんのお仕事しているんですか？」

「おれ？　ホスト」

にやりと笑って当たり前のように言う。わたしは慌《あわ》てて愛想笑いをすると、目をそらした。

なんともいえない不快感がこみあげてくる。なんで、こんな人たちと一緒に鍋を囲まなければならないのだろう。

「ま、おれは自分の店にくるような女は大嫌いやからなあ」

鍋の中身はあらかたなくなっていた。

早苗さんが、横に置いた炊飯器を引き寄せた。

「どうする。最後に雑炊《ぞうすい》するでしょ」

「もちろん！」

礼子さんがはしゃいだように言い、残った具をさらえる。そのあとに、早苗さんがご飯と醬油《しょうゆ》を入れて土鍋に蓋をした。いつのまにか小口に切った葱《ねぎ》と、卵も用意されている。

雑炊はおいしかった。すっかりお腹一杯になって箸を置く。心の底の不快感は晴れなかったけれど。

早苗さんが立ち上がった。

「じゃ、わたし帰るわ。まだ仕事があるし」

「あ、わたしも」

慌ててわたしも立ち上がる。礼子さんと亮治さんのお邪魔になってはいけない。

早苗さんは立ったままわたしを見下ろして言った。

「食べたんだから、後かたづけくらい手伝ったら？　わたしは準備を全部やったから帰るけど」

思わず下を向く。恥ずかしさと怒りで顔が真っ赤になりそうだった。確かに気づかなかったわたしも悪いけど、そんな言い方はないだろう。

扉が閉まる音がした。早苗さんが出ていったのだろう。礼子さんは、少し酔いの回った顔で、食器を集めている。わたしも空になった鍋を洗い場に持っていった。

鼻歌を歌いながら洗い物をする礼子さんに尋ねる。

「あの、なにか手伝うことありますか？」

「あ、じゃあ、食器拭《ふ》いて、そこのかごに入れてくれる？」

言われるままに布巾《ふきん》を取る。なんとなく黙っていられなくて言った。

「早苗さんって、なんか思ったことをはっきり言う人ですね」

「ん？　ああ、そう。彼女はそういう人」

礼子さんはまったく気にしていないらしい。それ以上なにかを言うのもためらわれて、わたしは黙々と食器を拭いた。

「わたし、あんまりそういうの気にならへんのよ」

礼子さんはそう言うと、わたしに皿を渡した。

「鈍感なのかなあ。亮治にもよく言われるんやけど」

「い、いいえ、そんなことないと思います」

「そうお。だったらええけど」

心の中でため息をついた。礼子さんはたしかにいい人なのかもしれない。この香水の匂いには辟易するけど。

食器を洗い終えて、軽く両手を振る。

「どうする？　お茶でも飲む？」

「あ、いえ。部屋に帰ります。ごちそうさまでした」

「おっと」

いきなり手が伸びてくる。

「忘れるところやったわ。材料費。四百円でええよ」

待ちに待った休みの日、わたしは実家に帰ることにした。

休日は昼まで眠りたいほうなのだが、今日ばかりは実家に帰れるのがうれしくて、早く目が覚めてしまった。さっさと身支度をして部屋を出る。

午前中の空《す》いた電車に揺られながら考える。引っ越しのこと、両親に相談したほうがいいかもしれない。

隣りの部屋が水商売の人でも、ただ挨拶しか交わさないのなら別にかまわない。でも、あの人なつっこい礼子さんのことだ。ことあるごとに声をかけてくるに違いない。わたしは断わるのが苦手だ。

もちろん、職業に貴賤《きせん》はないとは思っている。水商売だって必要な仕事だ。でも、それは建前でのことで、やはり、男の人にお酒をついだり、身体を触らせたりしてお金を貰っている人と友だちづきあいはしたくなかった。おまけに、恋人がホストだなんて。

なによりも早苗さんがいやだった。あんなふうに、暴言を吐かれたり、馬鹿にされたりするなんて、耐えられない。

懐かしい我が家にたどりつき、チャイムを鳴らす。

ドアを開けてくれたのは、美雪《みゆき》さんだった。誠のお嫁さん。義妹《いもうと》と呼ばなければならないのだろう。

「あ、お義姉《ねえ》さん。お帰りなさい」

わたしは無理に笑顔を作った。まだ、彼女にお義姉さん、と呼ばれるのには慣れない。明るい茶色に染めた長い髪と、短いスカート。心斎橋《しんさいばし》などを歩けば、彼女にそっくりな女の子がたくさん歩いている。

母は、台所でなにか作っていた。お昼の支度なのだろうか。

「あら、お帰りなさい」

「ただいま。なに作っているの?」

「いなり寿司。今、美雪さんに教えていたの」

ふうん、と気のない返事をしてしまう。

「お義母《かあ》さんのいなり寿司、おいしいですよねえ」

「美雪さん、細いのによく食べるのよねえ。やっぱりお腹に赤ちゃんがいるからかしら」

「いやん、もとから大食いなんですぅ」

ふたりは楽しげに笑う。

わたしはリビングのソファに腰を下ろした。痺《しび》れたようになっていた心が少しずつ動きはじめた。

わたしはショックを受けていた。

どうしてなのだろう。自分がこんな光景をまったく予想していなかったことに気づく。

結婚が決まるまで、母は美雪さんのことをいやがっていた。派手で、遊んでいそうな外見。妊娠のことだって、美雪さんが悪いと思っているような雰囲気だった。

「あちらの親御さんはどういう教育をされていたのかしら」と、何度も繰り返していた。

それにだいたい、嫁と姑《しゅうとめ》なんて険悪なものではないのだろうか。

いなり寿司は母の得意料理だった。わたしだって教えてもらっていない。教えてもらっていないのに。

「そうそう。梨花ちゃん。見てちょうだい」

母に話しかけられて、我に返る。

「なあに」

精一杯の笑顔で答える。母は編み物かごを引き寄せた。中には小さな編みかけのものが入っている。

「今度はなに編んでいるの？」

母の趣味は編み物だ。わたしもセーターやマフラーなどたくさん編んでもらった。

「赤ちゃんのケープなの。可愛いでしょう」

また心が痺れた。思わず顔を背けそうになるのを必死でこらえる。美雪さんの声が追い打ちをかけた。

「お義母さんったら、靴下も編んでくれたんですよ。予定日は初夏だからしばらくはいらないのに」

「いいのよ。こういうのは編むのが楽しいんだから、ほっといてちょうだい」

もう、こんなふうに軽口など言うような間柄になったのだろうか。わたしは貼り付いたような笑顔を浮かべながら、どこか遠いような気持ちで、その光景を眺めていた。

「あ、ごめん。ちょっとトイレ」

立ち上がって、トイレに行く。わたしはそこで少し泣いた。

泊まって行け、と言われると思っていたのに、両親はなんにも言わなかった。よく考えれば、わたしの部屋がないから家を出ることになったのだ。そんなこと言われるはずもなかった。

結局、引っ越しのことは相談できなかった。そんなことが言える雰囲気じゃなかった。

帰りの電車の中で、わたしは重苦しく痺れた心を解きほぐそうとした。

夜になって父が帰ってからも同じことだった。わたしのことを心配しているそぶりは見せたものの、父は美雪さんの注いだビールをおいしそうに飲み、美雪さんの料理をほめた。これから産まれてくる子供のことばかり、話題にした。

（どうしてなの？）

わたしは心の中で、何度も父に問いかけた。

父は厳しい人だった。門限や服装、見るテレビにまでいちいち文句を言われた。まだ子どもだったわたしが反抗すると、父は必ずこう言った。

「今はそう思っても、いつか、お父さんの言うとおりにしていてよかった、と思う日がくるんだ」

そう言われれば、わたしはそれ以上反抗することはできなかった。父のほうが明らかに人生を知っているはずなのだ。

父の価値観では、美雪さんのような女性が許されるはずはなかった。髪を染め、流行のメイクや服に身を包み、そうしてまだ結婚前に妊娠までしてしまう。

そして、そんな女性のために、ずっと父の言うことを守っていたわたしが、家を追い立てられる。

そんなのは裏切りではないのだろうか。

父が厳しかったのはわたしにだけだった。弟の誠は自由に育てられていた。父はわたしによく言った。

「女の子がそんなことを言うものじゃない」

「女がそんなことをするものじゃない」

わたしは何度も考えた。

女になんか生まれてこなければよかった。


郵便物をとって、ロビーに入ると、管理人室から声をかけられた。

「久住さん」

「はい？」

管理人の黒沢さんだった。相変わらず陰気な雰囲気をまといながら、管理人室のドアを開けて出てきた。

「なにか？」

ドアの隙間から、ちらり、と部屋の中が見える。壁には隙間なく、女性アイドルのポスターが貼ってある。わたしは少し呆れながら、黒沢さんの顔を見た。

「一度、聞いておこうと思ったんやけど、久住さんって彼氏いるの？」

「は？」

あまりに唐突な質問。わたしは啞然として聞き返した。彼は長い前髪をかき上げて、もう一度、聞き返した。

「久住さん、恋人は？」

「ど、どうしてそんなことを」

「いや、管理人として把握しておきたい、と思ってさ」

どうして、マンションの管理人だからといって、そんなことを話さなければならないのだろう。

「ほら、ここ、レディスマンションで建前上は男性は出入り禁止なんだよ。親父にも、本当はそう言われているんだ。でも、あんまり厳しいことというのもなんだろう。だから、出入りする男性がいるのなら、あらかじめ言っておいてくれれば、それでいいからさ」

わたしはできるだけ毅然《きぜん》と言った。

「そんな人いません！」

「あ、そう。それならいいや」

彼はそれだけ言うと、管理人室に入っていった。

気持ち悪い、と思った。いくら管理人だからといって、マンションの住人のプライバシーにそこまで踏みこむものだろうか。

わたしは荷物を抱えなおすと、エレベーターに乗った。

管理人ということは、マスターキーなども持っている、ということではないだろうか。

怖い。

思わず身震いしてから、わたしは自分に言い聞かす。恋人の有無を聞いただけじゃないか。そんなに神経質になる必要はない。

たぶん、環境が変わったり、ショックを受けることが続いたりして、神経が過敏になっているのだ。

やっと、自分の部屋に帰って電気をつけると、少しほっとした。コートだけ脱いで、ベッドに横になる。

不思議だった。実家よりもこの部屋のほうが落ちつくのだ。そう考えてわたしは気づく。もう、実家にはわたしの居場所はないのだ。

しばらく目を閉じて、その考えを噛《か》みしめていた。つらかったけれど、それは真実なのだろう。

上半身だけ起きあがって、郵便物を引き寄せた。大したものはきていない。ＤＭや住所不明で戻ってきた引っ越し通知。その中に、ブルーの可愛らしい封筒があった。差出人は、高校のときの友人だ。たぶん、引っ越し通知に対して返事をくれたのだろう。

明るい気持ちになって、封を切ろうとしたとき、かすかな違和感を覚えた。

なんとなく、封筒に、一度開封したような跡があるのだ。

（どうして？）

わきあがってくる不安を、心から払う。もしかすると友人が、一度封を閉めてから、なにか書き足したいことがあるのに、気づいただけかもしれないではないか。

もう一度自分に言い聞かせる。たぶん、わたしはひどく神経質になっているのだ。ただ、それだけのこと。

わたしは、そんな自分を笑い飛ばすと、封筒を開けた。

第四章

「あ、小松崎さんいらっしゃい！」

歩ちゃんの明るい声に迎えられて、自然と笑顔になる。

午後の合田接骨院は異常に暇らしく、歩ちゃんと恵さんは、待合室の椅子でお茶を飲みながら、のんきに通販カタログなどめくっている。

「雄大くん、どうしたの。こないだきたばっかりやん。調子でも悪いん？」

恵さんは、子鹿みたいに細い脚を白衣から覗かせるようにして組む。視線は通販カタログに落としたままである。

「いや、ちょっと時間が空いたから、寄ってみただけやねんけど」

ぼくはおそるおそるパウンドケーキの箱を出した。

「これ、人から貰《もら》ったんやけど、ぼくひとりでは持て余すし、よかったら食べてくれへんかなあ、と思って」

歩ちゃんが立ち上がる。肩の辺りで切りそろえられた髪と、少しぽっちゃりとした輪郭。笑うと、マシュマロみたいな頬にえくぼが浮かぶ。まったく憎らしいほど可愛い。

「ありがとうございます。小松崎さんも食べるでしょ。今切りますね」

ケーキを持って、奥に消える。恵さんがぼくを見上げて、共犯者の顔で笑った。

「なんですか?」

「いや、雄大くん、すぐ感情が顔に出るな、と思って」

まったく。

歩ちゃんは、少しずつ、食べることに対する抵抗や嫌悪感がなくなってきているように見える。ぼくと一緒に食事などするときも、普通の人よりははるかに小食だけど、それなりに食べるようになってきた。

「決まった時間に、ひとり分の食事をきちんととることがいちばん大切だって、力先生が言ったんです」

この前会ったとき、彼女はぼくがなにも尋ねないのに、そう言った。それまでは、自分の摂食障害について触れることを、頑《かたく》なに避け続けてきたのに。

少しずつ治ってきているのだ。そう思うと、彼女のことがよけいに愛《いと》おしくなってくる。

歩ちゃんはパウンドケーキを三人分切って、戻ってきた。新しい紅茶を入れたマグカップも持っている。

「はい、これ、小松崎さん」

「あ、ありがとう」

受け取って待合室の椅子に座る。

そういえば、さっきから力先生の気配がない。

「力先生はどうしたんですか？」

さっそくケーキをほおばっている恵さんに聞く。

「ん、なんか患者がこないから、飽きたみたいで、どっかふらっと出ていった。たぶん、近所を徘徊《はいかい》しているんやないかな」

「はあ。そんなに暇なんですか。結構なご身分やなあ」

いきなり引き戸が開いた。

「おまえはどうやねん。おまえは！」

「わっ」

力先生が引き戸に手をかけてにやにやしながら、中を覗きこんでいる。

「平日の昼間に、仕事ほっぽりだして、こんなところで婦女子と仲良くしててええんか？」

喉に詰まりそうになったケーキを、紅茶で流しこむ。

「ええんですっ。忙しいときは徹夜で仕事しているんですから、暇なときくらい、休ませてもらっても」

ただでさえ不規則なマスコミ業界。休日も深夜も関係ない。少し余裕があるときくらい、休ませてもらわないと身体がもたない。

「先生もケーキ食べますか？」

歩ちゃんに言われて、めんどくさそうに手を振る。

「ああ、おれはええわ。それはそうと、恵、おまえ、もう今日は帰ったほうがええで」

「いやっ、ほんまですか？」

「ほんまや。今日はええから、もう早く帰れ」

「あ、じゃあ、そうします。じゃあ、歩、ごめん。あと頼むわ」

恵さんは立ち上がって、受付の裏から、コートと鞄を出してきた。着替えもせずに、白衣の上からコートを着て、鞄を抱える。

「じゃあ、失礼します。雄大くん、また今度ね！」

「はあ」

恵さんは手を振ると、プレハブから出ていった。力先生は窓から顔を出して声をかけた。

「ちゃんと裏口から帰れよ」

「はーい」

時計を見ると、まだ三時過ぎだ。なんで、こんな時間から、慌ただしく帰っていくのだろう。

「さてと」

先生は指をぽきぽき鳴らしながら、こちらを向いた。

「小松崎。暇なんやったら、ちょっと実験台になってくれ」

「じ、実験台ってなんですか？」

力先生はご機嫌な顔で近づいてくる。この人が機嫌がいいときは、ろくなことがない。

「いや、昨日うちにきた患者なんやけど、なんかよその整体で、無茶されたらしくて、かなりえらいことになっていたんや。一応、しばらく通ってもらうことになったんやけど、どうやったら、あんなんなるんかなー、と思って」

「いやですっ！」

ぼくは、じりじりと奥へ逃げた。

「まあ、そう言わんと。あとで治したるから」

「なんで、ぼくがそんな実験台にならなあかんのですか！　絶対ごめんです」

「ええやないか。治療費はいらんし」

「当たり前ですっ。金くれる言われてもいやです」

歩ちゃんは先生を止めてくれるどころか、少し離れたところで肩をふるわせて笑っている。あんまりである。

「ぼ、ぼく、もう帰ります。仕事あるし」

「なに言うてんねん。暇や言うてたやないか」

「もう、暇やなくなりました。めっちゃ忙しいです！」

悪代官に手込めにされようとする町娘のごとく、診察室の壁際に追いつめられる。そのときだった。

ものすごい音がして、引き戸が倒れた。ガラスが割れてあたりにちらばる。

「きゃっ」

歩ちゃんの悲鳴。

「歩ちゃん！」

思わず叫んだぼくの前で、先生がぽつり、とつぶやいた。

「おいでなすったか」

診察室の入り口には革のジャンパーを着た小太りの中年男が立っていた。手に握られているのは果物ナイフだ。喉から掠《かす》れた息が洩《も》れる。

「めぐむーっ！」

叫びながら部屋の中を見回す。

「恵はどこだ！　殺してやる！」

ことばとは裏腹に、手に持ったナイフはかたかたと震え、膝《ひざ》はがくがくと笑っている。ぼくは男に顔を向けたまま、視線だけで歩ちゃんの行方を探す。彼女になにかあってはいけない、と思ったのだが、どうやらすでに、受付の奥に逃げこんだらしい。

「恵はもうここにはいませんよ」

力先生が一歩前に進む。

「近づくな！　う、うそや。ちゃんと調べたんや。恵はここで働いているんだろう！」

「やれやれ、その思慮を、もっと別の方向に働かせりゃいいのに」

「なんだと？」

男はナイフを前につきだして、力先生に近づいた。

いきなり先生がこちらを向いて叫んだ。

「小松崎、飛びかかれ！」

そんな無茶な。

だが、男は危険を感じたのか、ナイフを振り上げてこっちに向かってきた。

「うわあああああっ！」

その瞬間、力先生が男の後ろにまわった。男の右手を逆手《さかて》に取り、もう片方の手で首を押さえる。

「ぐうっ」

男が呻いた。

「小松崎。ナイフを取れ！」

ぼくは言われるまま、ただ伸びたままになっている右手から、ナイフをたたき落とした。

「ううううう、離せ！」

男の額から脂汗《あぶらあせ》が滲《にじ》み出ている。どうやら、関節が決まってしまっているらしい。

「腕、折ってほしいか」

力先生は恐ろしいことを言いだした。無表情なだけに凄《すご》みがある。

「い、いやだ。離せ。助けてくれ」

先生は首を押さえている手をずらして、男の胸ポケットを探った。免許証を取り出す。

「四十二歳か。ええ歳をしてまあ、アホなことを」

「う、うるさい！」

「職場に連絡してほしいか。この不況下にクビになりたいか？」

男はひっと喉を鳴らした。

「や、やめてくれ。それだけは」

「アホか。一時の激情で、恵を刺したら同じことやで。職場もクビになるし、これからの人生台無しや」

男の顔が泣きそうになる。力先生は低く静かに囁いた。

「悪い夢見たと思って、全部忘れろ。あれはああいう女や」

そのまま先生は、手を離して、男の背中をとん、と押した。

中年男は、床にへなへなと座りこんだ。まだ、荒い息をついている。

「ついでに整体受けていくか。頸骨《けいこつ》ずれているで」

「う、うるさい」

男はよろよろと立ち上がった。肩を落としたままプレハブを出ていった。

先生は、自分の肩を押さえてぐるっと首を回した。

「今日のはあんまし骨がなかったなあ」

「きょ、今日のはって、こういうことよくあるんですか！」

歩ちゃんはいつの間にか奥から出てきている。

「まさか。いくらお姉ちゃんでも、よくこんなことあるわけないじゃないですか」

「そ、そうだよなあ」

「二、三カ月に一回かなあ」

充分である。ぼくは頭を抱えた。歩ちゃんが言う。

「ああ、ガラス割れちゃいましたね」

「ええねん。これは恵の給料から天引きや。とりあえず、掃除だけしてくれるか？」

「はい」

歩ちゃんは奥から箒《ほうき》を持ってくると、手慣れた仕草で割れたガラスを掃除しはじめた。

先生は倒れた引き戸を直しながらつぶやく。

「あーあ、恵もせめて後腐れないように遊んでくれへんかなあ」

ぼくはおそるおそる尋ねた。

「あ、あの、もしかして恵さんを先に帰らせたのって」

「ん。あいつのせいや。本人がおるとよけいに逆上するからな」

「あの男の人、以前から恵さんにつきまとっていたんですか？」

「いや、あいつははじめて。なんや、ビルのまわりを妙な気を出した男がうろついていたからな。もしかして、と思ったんや」

ぼくは辺りを見回した。なにも手伝うことはなさそうだ。

「あの、ぼく、そろそろ仕事に戻ります」

「おう、お疲れさん。今度きたときは、実験台になってな」

ぼくは心に誓う。しばらくここには近づかないようにしよう。

社に戻って、それほど急ぎでない仕事を、のんべんだらりと片づける。まあ、今のうちにやっておくと、この後が楽になるだろう。

「雄大」

衝立《ついたて》の陰から、里菜《りな》が顔を出した。

「おう」

彼女はぼくと同期で、うちの看板誌、お洒落スポットマガジン「タルト」の編集部にいる。

小さな身体と、尋常ではない童顔の持ち主で、ランドセルでも背負わせると小学生にも化けられそうだ。とはいえ、狙った情報は必ず手に入れる敏腕記者である。

彼女は珍しく手に、「週刊関西オリジナル」の最新号を持っている。

「どないしたんや」

椅子を回して、彼女のほうを向く。

「実はちょっと頼みがあるんやけど」

珍しいこともあるものだ。ぼくから彼女に頼み事をすることはよくあっても、その逆はあまりない。まあ、ようするに彼女には借りばかりあるということで、情けない話なのだが。

「これこれ」

彼女は最新号を机の上に置く。あるページに付箋《ふせん》がついている。開いてみると、「ＯＬのナイショ話」のページである。

「これって、雄大の担当なんでしょ」

「そうやけど、どうかしたんか」

「このイラストレーター紹介してくれへん?」

なるほど、そういうことか。たしかに坂下さんの可愛らしい絵は、「タルト」に需要がありそうだ。

そんなことならおやすいご用だ。

「ええよ。ぼくから電話しようか」

「サンキュ。助かるわ。この人、忙しい？」

「忙しいときは忙しいみたいやけど。でも、マンガのほうの仕事が不定期やから、定期的な収入になるイラストの仕事はありがたいって言っていたわ。そう悪い顔はせんのちゃうか」

週刊誌ふたつだと、さすがにつらいかもしれないが、「タルト」は月刊だ。

受話器を取って、彼女の番号を押す。数回のコールのあと、坂下さんの声がした。

「はい」

「もしもし、『オリジナル』の小松崎ですが」

「あ、お世話になっています。もう次の原稿ですか？」

「それはあと二、三日かかると思うわ。別件やねん」

ぼくは、「タルト」の編集が彼女に会いたがっている、という話を伝えた。

「いいですよ。くわしい話を聞かせてください」

「じゃ、いつなら空いている？」

「いつでもいいですよ。家で仕事しているだけだし。なんなら今日、これから出ていきましょうか」

えらく気が早い。受話器を耳から外して里菜に確認する。

「里菜、今日これから、どうや」

「おっけー。話が早い子やなあ。そういうの好きやわあ」

一時間半後に約束をして電話を切る。

「ありがとう。助かったわ」

「いや、これくらい大したことないけど」

里菜は編集部の様子を確かめるようにあたりを見回した。

「今、忙しい？」

「いや、それほどでもないけど」

「じゃあ、なんやったら彼女と会うとき一緒にきてくれへんかなあ」

「ええよ。そうしようか」

約束の時間きっちりに、坂下さんはやってきた。ありきたりのデザインのグレーのスーツと、やけに踵だけ高いパンプス。絵に描いたようなスパルタ教師のようだ、などと失礼なことを考える。

一階上の「タルト」編集部に移動する。乱雑さと騒がしさはうちとどっこいどっこいだが、女性誌だけに雰囲気は華やかな気がする。モデルらしい美女とスタッフが隅のほうで打ち合わせをしていたり、新製品のシャンプーや化粧品が机の上に並んでいたり。

ぼくらが応接コーナーで待っていると、里菜が小走りにやってくる。

「お待たせしました。わざわざお呼び立てしてすみません」

里菜がぺこりと頭を下げる。坂下さんも立ち上がってお辞儀をした。大人と子どもほども身長が違う。

名刺を交換し終わると、坂下さんは鞄からスクラップブックを出した。

「これ、今までやったイラストの仕事です。よかったら見てください」

「あ、ありがとう。見せてもらいます」

里菜の機嫌がよくなっているのがわかる。彼女はこういう手際のいい女性が好きなのだ。

ゆっくりとスクラップブックをめくる。坂下さんは表情も変えずに、淹れられたコーヒーを飲んでいる。

「ありがとう。ええ感じじゃわ」

スクラップブックを坂下さんに返すと、里菜は膝を彼女のほうに向けた。

「実はね。まだ内緒やねんけど、連載エッセイの企画が進んでいるんよ」

最近ぽつぽつ人気が出ている女性ミュージシャンの名前を挙げる。

「知ってる?」

「一応、名前だけは」

「なかなかおもしろい文章書くのよ、彼女。だから、それにイラストつけてもらえないかな、と思って」

ほう、と思う。なかなかいい仕事である。坂下さんもびっくりしたのか尋ね返している。

「わたしでいいんですか?」

「うん。雰囲気はすごく合うと思うのよ。ただ、その子にもイラスト見せて了解を取らなきゃいけないから、申し訳ないけど、まだ決定とは言えないんやけど」

「ええ、わかりました」

「じゃ、このスクラップブックの中で、何枚かコピーさせてもらってええ?」

「ええ、かまいませんよ」

里菜は坂下さんと相談しながら二、三枚の絵を選ぶと、コピー機のほうに走っていった。コピーをしながら大声で話す。

「なんか不確定な話でごめんね。でも、もし、それがあかんかっても、仕事はお願いしたいと思ってるねん」

「ええ、よろしくお願いします」

スクラップブックを持って戻ってくる。

「そういえば、マンガ描いているんやって？　どんなの？」

坂下さんはなぜか、ぼくの顔に目をやってくすり、と笑った。

「こないだ、小松崎さんにもそれきかれました。そのときはごまかしてしまったんやけど、里菜さん女性やから言っちゃいます。エロマンガです」

思わず、飲みかけていたコーヒーを噴きそうになる。

「へええ。男性向け？　女性向け？」

里菜がおもしろそうに身を乗り出す。

「今、仕事しているのはほとんど女性向けです。女性向けエロマンガって、こういう男性の前で言うとセクハラになるんでしょうかね」

「ええよ、ええよ、気にせんとき。わたしが許す」

勝手に許すな。しかし、それにしても意外である。外見からだと、エロなんて聞いただけで、怒り出しそうなタイプに見える。

「ボーイズ・ラブ、とか言うやつ？」

「そうです。でも、わたし、あんましそういう言い方って好きじゃないです。エロはエロだと思うし。それに、わたし男性向けのもたまに仕事しているし」

そうして、笑いをこらえたような顔でぼくのほうを向いた。

「引いています？」

「ちょっと」

正直に答えても怒らないだろう。女性がエロを描くことを悪いことだと思っているわけではないが、彼女はあまりにイメージが違いすぎる。

「今度、読みたいなあ。ええ？」

里菜のことばに坂下さんは頷く。

「コミックスは一冊だけ出ているけど、もう手に入らないかな。あと、雑誌が不定期で何冊か」

里菜はその本のタイトルと雑誌名をメモっている。

ぼくはソファに背中を預けると、坂下さんの顔に目をやった。里菜と相性がいいのか、リラックスしたような顔になっている。

コーヒーカップを手に取った彼女は、ぼくの視線に気づいた。

「どうしました？」

「いや、意外やなあ、と思って。絵も可愛いし、てっきり少女マンガかと」

「可愛い絵で描くからいいんじゃないですか」

「そういうもんかなあ」

坂下さんは話しながら首に手をやって、軽く肩を回した。里菜がめざとく見つける。

「肩凝るの?」

「ええ。小松崎さんからいい整体教えてもらう約束なんです」

「あ、あそこね」

里菜も力先生のファンで、合田接骨院には頻繁《ひんぱん》に通っている。あそこはええわあ、などと繰り返し言っている。

「この近くやよ。ちょっと入り組んでいるけど、一回行ったらわかるわ。なんやったら、雄大、連れていってあげたら?」

「そやなあ」

今日は一度顔を出して、えらい目に遭ってきたのだが、いくら力先生でも新しい患者を連れてきているのに、そう無茶なことはしないだろう。それに、今からだと、坂下さんが今日最後の患者になる可能性も高い。そうなったら、歩ちゃんを送って帰ってもいい。彼女とは帰る方向が一緒だ。

「じゃ、これから行こか」

「いいんですか。すみません」

坂下さんはスクラップブックをしまって立ち上がった。

「じゃ、また電話するわ」

「はい。よろしくお願いします」

里菜と坂下さんはがっちりと握手を交わした。


「あれ、小松崎さん？」

歩ちゃんが目を丸くする。いくらぼくでも、一日二回も顔を出すのははじめてだ。

「あ、うちで仕事しているイラストレーターさんやねんけど、肩凝りがひどいって言うから、連れてきてん。力先生は？」

「ちょっと待って下さい。今、起こしますね」

見れば、診察室奥のベッドで、水揚げされたマグロのようになって寝ている。

歩ちゃんは、そなえつけのTシャツと短パン、それから問診票を出して、坂下さんに渡した。

「これに着替えて、それから、問診票に記入してもらえますか。全部済んだら呼んで下さいね」

診察室のカーテンを閉めながら、奥のマグロに話しかける。

「先生。患者さんですよ。起きてください」

「ん、んー」

白衣を着たマグロは寝返りを打つばかりだ。

「先生ってば！」

歩ちゃんが揺り起こすとやっと目を開けた。

「なんや、もう帰る時間か」

「違います。患者さんです！」

のたくたと起きあがって、身体のあちこちを伸ばしている。なんだか、薄汚い野良犬がのんびりしているようだ。

しばらくたつと、手前のカーテンから坂下さんの声がした。

「準備できました」

「おっ」

立ち上がると、カーテンを開けて中に入る。

「小松崎の紹介か。どないしたんや」

「肩凝りがひどいんです。手先を使う仕事だからしょうがないのかもしれないんですが」

「しょうがない、なんてことはあるか。うつぶせになれ」

先生はゆっくりと指先で彼女の背骨をなぞっている。

「ふうん」

ひとりで納得すると、今度はベッドに上がって、彼女の両脚を揃えて、じっと見ている。しばらくして、ぽつりと言った。

「肩っつうか。腰やな」

坂下さんは驚いたように顔を上げる。

「え、腰はまったく痛くないんですけど」

「そら、まだ若いからや。このままにしておいたら、そのうちひどいことになんで。肩凝りも、腰の歪《ゆが》みが原因や」

先生はベッドから軽く飛び降りると、彼女の頭のほうにまわった。頭のてっぺんをゆっくりと押し、そのままリズミカルに首筋まで下りていく。坂下さんは深く息を吐いた。

「やっぱり座り仕事だからですか」

「それもあるけど、いちばんの原因は靴やろうな」

彼女ははっと身体を強ばらせた。

「力抜け」

「あ、すみません」

先生は一度、彼女の身体から手を離した。

「自分、どんな靴履いてるんや」

そうして、わざわざ入り口まで見に行く。

「ああ、これはあかん。こんなん普段から履いてたら、そら、腰やられるわ」

診察室に戻ると、また彼女の脚を引っ張って伸ばす。

「見てみ。両脚の長さが違うで。身体のバランスがおかしくなってもうとるんや」

坂下さんはしばらく黙っていた。先生は、彼女の背中を押さえはじめる。太い指が、ぐっ、ぐっ、と背中に食いこんでいく。痛くはないのか、と少し思うが、受けている側の坂下さんはしごく気持ちよさそうに目を閉じていた。

力先生の手が、背骨を何往復かしたとき、坂下さんが口を開いた。

「踵の高い靴って、やっぱりよくないんですか」

「ん。見るほうとしては悪くないけどな。でもやっぱりあれは不自然な体勢になるからなあ。ほどほどにしといたほうがええで」

彼女は顔の位置を楽なようにずらしてつぶやいた。

「わたし、背が高いことがコンプレックスなんです」

「ふうん」

「小さい頃からずっと大柄で、男の子から『でかい女』ってずっと言われてきたんです。小柄な女の子みたいに可愛い服なんか似合わないし」

「なるほどな」

「でも、『それがいやだ』と思う自分がもっといやだったんです。小柄な女の子をうらやましく思う自分が、なんだか許せなかったんです」

「それで、あの靴か」

彼女はこくん、と頷いた。

「戦闘靴やな」

先生の言ったことばを噛みしめるように繰り返す。

「そうです。戦闘靴」

先生の手は彼女の腰に進んでいた。体重をかけるように、なんどかきつく押す。少し痛むのか、坂下さんはきゅっと目を閉じた。

「まあ、履くなとは言わんわ。でも、自分の身体歪ませてまで頑張ってもしょうがないやろう。いざというときだけにしとけ。いざというときだけにな」

「いざというときだけ、ですね」

先生はベッドの上に座ると、彼女の片脚を抱えて何度か引っ張る。

「そう。戦うほどの価値のあるもんなんか、そんなにあらへんで。戦うのはいざというときだけや」

「そうですね」

力先生は彼女を座らせると、両手を交叉させてぐいっときつめに背骨を押した。

「はい。終わりや。しばらく通ったほうがええな。次きたときには、踵の高い靴履いた後の、ストレッチを教えたるわ」

坂下さんは夢から覚めたような顔で、二、三度頷いた。


降りる駅に着くと、歩ちゃんは立ち上がってしゃんと背筋を伸ばした。

「じゃあ、またね。小松崎さん」

「あ、ああ」

水色のダッフルコートの裾を揺らして電車から飛び降りる。振り向いて笑って、手を振った。

ぼくは少し迷ったあと、自分も電車から降りた。

「あれ、小松崎さん？」

「送っていくよ」

今まで何度も電車で一緒に帰った。けれど、この台詞《セリフ》は今まで言えなかった。下心があるように思われたくなかった。

歩ちゃんは少し困ったように視線を宙に泳がせた。

「別に大丈夫だけど……」

「でもさ、もう降りちゃったし。送るよ。送りたいんだ」

重ねて言うと、やっとこっくりと頷いた。

ぼくらは並んで歩き出した。いつもと違う雰囲気を感じるのか、歩ちゃんは無口だった。ぼくだけがやたらに喋《しゃべ》った。

会話の合間に、何度か彼女の丸みのある肩に目をやった。ダッフルコートの毛羽だった生地がひどく悩ましく見える。肩を抱きたい、と思った。そのたびに躊躇《ちゅうちょ》してしまったけど。

女の子とつきあったことなど何回もある。多少はそういうスキルもあるはずだし、こういうとき大胆になるくらいの図太さだってある。

だのにこんなに臆病になるのは、相手が歩ちゃんだからなのだろう。ぼくは彼女の心の傷すら理解できていない。

ふと、歩ちゃんが足を止めた。路地の先にあるアパートを指さした。

「あそこがわたしの部屋。ありがとう。ここまででいいよ」

振り向いて笑う。ふっくらとした頰。目尻の下がった瞳。

ぼくは少し迷った。だが、口を開く。決心する。

「もしかしたら、もうわかっているかもしれへんけど。ぼく、歩ちゃんのこと好きやで」

歩ちゃんは笑ったままだった。目だけが怯《おび》えたように何度か瞬《まばた》きした。

ぼくは続けて言った。答えを聞くのが怖かった。

「今すぐ、返事をしてくれ、とかそういうことは言わへん。でも、できたら考えてくれへんかな。きちんとつきあってほしいんや」

そこまで言って、ぼくは目をそらす。いたたまれなくて、早くここから逃げ出したかった。

彼女は消え入りそうな声で言った。

「小松崎さん」

「なに？」

「ひとつだけ教えて。小松崎さん、お姉ちゃんと……した？」

一瞬、迷った。たしかに恵さんとは一度だけ寝た。本当に一番最初だ。まだ歩ちゃんのことも、恵さんのこともよく知らなかったとき。嘘をつこうかと思った。恵さんも口裏を合わせてくれるだろう。けれど。

「一度だけ」

歩ちゃんはぐっと唇を咬《か》んだ。

「でも、ほんまに最初の頃のことやねん。歩ちゃんともまだ、まともに話したことなんかなかったし。あの」

「小松崎さん、ごめんね」

歩ちゃんは顔を上げて笑った。どこか痛々しい笑顔だった。

「ごめんね。もう会うのやめる。来週のコンサートもやめとく」

「歩ちゃん！」

彼女は身体を翻《ひるがえ》した。そのままアパートに向かって走っていく。

ぼくは動けなかった。そのまま立ちつくしていた。歩ちゃんが階段を駆け上がり、自分の部屋のドアを開けて、そして閉めるまで。

彼女は一度もぼくのほうを振り返ろうとはしなかった。

第五章

新刊のコミックスを袋づめして店頭に並べる。スリップの整理をする。返品本を箱詰めする。

書店なんて、お客さんの相手以外の雑用のほうが多い。本の詰まった段ボールを運ぶことも多いから、体力も必要だ。

好きな本に囲まれて仕事できるから、と思って選んだ職場だったけど、現状はなかなかきついものだ。もちろん、どこの職場だって一緒なのだろうけど。

事務所でカバーを折っていると、深場ブロック長が入ってきた。

「おう、久住さんお疲れ」

「あ、お疲れさまです」

店長が休みの日に顔を出すなんて珍しいこともあるものだ。

「久住さん。今、忙しいか？」

尋ねられて、手を止める。カバー折りは、それほど急ぐ仕事ではない。少なくとも、さつきから折った分があれば、今日中は保《も》つだろう。

「いえ、別に。なにかご用ですか？」

「ちょっとつきあってほしいんや。ええかな」

頷いて、立ち上がる。今日は店頭もそれほど忙しくなさそうだ。

一応、ほかの店員に声をかけてから、深場さんと一緒に店を出る。深場さんは隣りのビルにある喫茶店にわたしを連れていった。

一緒に休憩で食事をしたことはよくあるけど、わざわざ勤務時間中に喫茶店に呼び出されることははじめてだ。

少し緊張しながら、わたしは席についた。注文をすませてしまうと、深場さんはおしぼりの袋を破りながら言った。

「いや、実はなあ、こないだから全店舗で、店員の就業態度がいろいろ問題になっているんや。で、まあ、梅田店はいちばん広いし、売り上げも大きいから、全店の模範になってもらわなあかんなあと思ってな。いや、もちろん、久住さんなんかはいつもきちんとしているから、ぼくも安心なんやけど」

「いえ、そんな」

わたしは慌てて言って、下を向いた。ウエイトレスが注文したコーヒーを持ってくる。

コーヒーが置かれる間だけ、深場さんは黙った。

「それで、みんなどんな感じや？」

わたしは質問の意味がわからず、瞬きだけした。

「どんな、とおっしゃいますと？」

「みんなまじめに仕事しているか？」

「あ、はい」

答えて少し迷った。たしかに、まじめ、とは言い切れない人も何人かいた。だけど、それを言っていいのだろうか。

深場さんは、その迷いを見逃さなかった。

「ほんまか？　隠さなくてええねんで。隠したら、その人のためにもならんやろう」

そうして、手に持ったファイルを開く。

「尾口《おぐち》さんいるやろう。彼女、守口《もりぐち》店にいるときは遅刻がよくあったんや。それが梅田店にきた途端、ぱたっと遅刻せえへんようになっている。もちろん、心を入れ替えてまじめになったんやったらそれでええんやけど」

わたしは口ごもった。なんて言っていいのかわからない。尾口さんの遅刻癖は直っていない。

深場さんはわたしの顔を覗きこんだ。

「ん？　どうしたんや」

仕方がない。今、嘘をついても、深場さんはわたしの顔色から見破ってしまうだろう。

「尾口さん、遅れるときは電話かけてきて、ほかの子にタイムカード押させるんです」

「そうか。たぶん、そんなことやろうと思っていたわ」

深場さんはそのあともわたしにいろいろと尋ねた。店の備品を持って帰る人、休憩時間を普通より長めにとる人、仕事中に私語の多い人。

こんなことは本当は話してはいけないのかもしれない。そんな不安が胸の中にわだかまる。それをうち消すように、わたしは自分に言いきかせた。

わたしはまじめにやっている。とやかく言われる筋合いはない。まじめにやらないほうがわるいのだ。

深場さんはわたしの話を聞きながら、ファイルになにかを書きこんでいた。胸がちりちりと痛かった。

郵便受けを開けた瞬間、違和感を覚えた。

また気のせいだ、と苦笑しかけて気づく。わたしは郵便物を取りだした。入れられている順番がめちゃくちゃだった。いや、どんな順番でこれが投入されたかは見ていないけど、だいたいのところはわかる。

消印のあるダイレクトメールや普通の手紙などは一度に配達されるはずだ。そして、地元のローカル新聞やちらしなどはそれとは別のはず。

けれども今、郵便受けの中に入っている郵便物はそれらがごちゃまぜになっている。郵便局が三、四回配達にこない限り、こういう状態になるのはおかしい。

わたしは封筒の裏をじっくりと見た。間違いない。明らかなダイレクトメール以外は、すべて開封されたようなあとが残っていた。

ぎゅっと唇を咬む。

いったいだれがこんなことを。

郵便物を脇に抱えて、マンションに入る。管理人室のチャイムを鳴らした。

「ふあい」

寝ぼけたような返事のあと、黒沢さんが顔を出す。

「あ、久住さん。今日は早いね」

「早番なんです」

わたしは郵便物を抱えたまま、黒沢さんに詰め寄った。

「あの、なんかわたしの郵便受け変なんです。だれかが覗いたり、いじったりしているようなんですけど」

「変って言われても」

黒沢さんは管理人室から出て、集合ポストに目をやった。

「あそこ、この管理人室から死角になっているんや。ちょっと気になってはいたんだけども」

まるで、自分には責任がないみたいな言いぐさだ。なんのために管理費を払っているのだろうか。

「じゃあ、わたし、どうすればいいんですか？」

「一応、気をつけてはおくけど。もし、気になるようだったら鍵でもつければ？　そうしている人も多いし」

頼りなくてため息が出る。たしかにこんな管理人をあてにするより、鍵ひとつあるほうがよっぽど安心かもしれない。

「わかりました。じゃあ、そうします」

わたしはそう言いきると、黒沢さんに背を向けてエレベーターのほうに歩き出した。

エレベーターの中で郵便物をもう一度見た。見られて困るようなものがないのが、不幸中の幸いだ。もちろん、まだ、わたしの気のせいだという可能性も捨てきれないのだけど。

まあ、どちらにせよ、鍵をかければあとは安心だ。

部屋に帰ると、コートも脱がずにベッドに倒れこむ。なんだか、身体の芯《しん》に妙な疲労が蓄積しているようだ。

早番だから家に帰って料理でもしようと思っていた。だけど、なんだかもうそんな気にもなれない。

「頭が、混乱しているみたい」

そう小さな声でつぶやいた。どうしてこんなに不安になるのだろう。心が押しつぶされそうになるのだろう。

チャイムが鳴った。あわてて身体を起こす。

「はあい！」

「梨花子さん、帰ってる？」

礼子さんの声だった。乱れた髪を直して、玄関のドアを開けた。

礼子さんはジーンズの上にフリースのパーカーを羽織った格好で立っていた。相変わらず甘めの香水の匂いが漂う。

「梨花子さん、今、帰ったところ？」

「え、ええ」

「カレー作ったの。よかったら食べにこないかなあ、と思って」

少し迷う。けれども、こんな気分のときは、ひとりでいるよりもいいのかもしれない。

「お邪魔していいですか？」

「どうぞどうぞ」

礼子さんはうれしそうに笑った。その笑顔を見てわたしはなんだかほっとする。どうやら、この人のことは嫌いにはなれないみたいだ。

わたしを誘ってくれる理由の半分くらいが、材料費を分けて安くあげるためなのはわかっている。でも、そのほうがよけいに気楽だった。心がささくれているときは、むやみになまぬるい気遣いなんか欲しくない。

「着替えてからすぐ行きます」

「はあい。じゃ、部屋で待っているわね。鍵開けとくから、勝手に入ってきて」

急いで普段着に着替えて、礼子さんの部屋に行く。

ドアを開けて中に入ると、部屋にはすでに早苗さんがいた。

「いらっしゃい。ちょっと待ってね。今、入れるから」

礼子さんはこたつから出ると、台所に行った。わたしは早苗さんの隣りに腰を下ろした。彼女はすました顔をしている。その顔にむかついて、思わず礼子さんに聞こえないような声で言った。

「わたしのこと、嫌いなんでしょう。だったら呼ぶことないじゃない」

早苗さんも小さな声でわたしに言う。

「わたしが呼ぶって言ったんじゃないわよ。礼子さんが呼ぶって言ったんだもの」

「いやだって言えばいいでしょ。わたしのこと嫌いだからって」

早苗さんはなぜか、ひどくびっくりしたような顔になった。

「なんでそんなことわざわざ言わなきゃならないのよ」

不思議な気がした。普通仲良しの女の子同士といったら、よそからきた人を排除したがるものだと思っていた。しかも、そのうち片方が、よそからきた子を嫌っているならよけいに。たぶん、わたしのことが嫌いだ、と礼子さんに言えば、礼子さんもわたしをわざわざ誘ったりしないと思う。早苗さんと礼子さんはもともと仲がいいのだから。

「なに内緒話しているのよ」

カレー皿を持ってきた礼子さんに言われて、ふたりそろって作り笑顔になる。

「わたしの噂でしょう。もー、早苗、よけいなこと言わないでよ」

「違うわよ。気にしないでよ」

「なんかあやしいなあ」

礼子さんはもうひとつの皿にカレーを入れるため、また台所に引っ込む。

わたしはまた早苗さんに囁いた。

「わたしにはあんなこと言っておいて、礼子さんの前では猫かぶっているのね」

「なに言っているのよ。猫なんかかぶっていないわよ。あんたのことどう思うって、聞かれたらはっきり『嫌いだ』って言うわよ。聞かれないのにわざわざ言う必要はないじゃない」

わたしは呆れて早苗さんの顔をまじまじと見た。

「なによ」

「あなた、わたしのこと天然とか言ったけど、あなただって相当天然入っている」

早苗さんは首を傾《かし》げた。

「そう?」

「そうよ。絶対」

少なくともかなり変わった人であることには違いない。

礼子さんがカレーの皿と、ボウルに盛ったサラダを持ってきたので、密談はそこで終わりになった。わたしだって、なにもわざわざ礼子さんを困らせるつもりはない。

「さ、食べて食べて」

カレーが前に置かれる。いい匂いがして、急速にお腹が空いてくる。

「いただきます」

スプーンをとって、一匙《さじ》口に運ぶ。別に凝っているわけでもなんでもない。市販のルーで作った、牛肉とじゃがいもとにんじんの入ったカレー。母が作るカレーもこんな味だった。

「おいしいです」

「そうお。別に普通に作っただけなんだけどさ」

礼子さんはスプーンでカレーを混ぜながら、くすっと笑った。香水が甘く香る。

「梨花子さんって、すごくおいしそうにもの食べるよね。なんか可愛い」

「そ、そうですか？」

そんなこと言われるのははじめてだ。

「ほんとほんと。早苗なんか、なに食べても顔変わらへんもん」

「仏頂面《ぶっちょうづら》は生まれつきなの。ほっといて」

ふと、気づいて尋ねた。

「亮治さんは今日はいらっしゃらないんですか?」

「ん。今日は仕事」

ホストなら、仕事はほとんど夜になるだろう。礼子さんは平気なのだろうか。自分の恋人が、仕事で女性の相手をしているなんて。

よく考えれば、礼子さんも仕事で男性の相手をしているのだ。お互い仕事と割り切ってしまえば、そんなことは大したことじゃないのかもしれない。

早苗さんが急にスプーンを置いた。

「礼子さん、もうあんな男いい加減にしたら」

「うーん。あれでも結構可愛いところあるのよ。なんかほっとけなくってさ」

「そんなこと言っても、また浮気されて、びーびー泣くのは礼子さんじゃない」

「でも、本当に好きなのはわたしだって言うし」

なにやら不穏な話になってきた。わたしは自分の取り皿にサラダを盛り分けながら、黙って聞いていた。

「甘いわ。わたし、礼子さんは単に利用されているだけやと思う。ご飯食べさせてくれて、甘やかしてくれる女としか、向こうは思ってへんと思うよ」

わたしはまた呆れて早苗さんの顔を見た。どうしてそんなにひどいことが平気で言えるのだろう。礼子さんは、すっかり食欲がなくなった様子で、スプーンでカレー皿をかき回している。

いやな沈黙が部屋中に広がった。話題を変えたい。そう思って口を開く。

「あの、おふたりとも、郵便物、変になっていませんか?」

ふたりの視線がこっちを向く。わたしがいることすら忘れられていたみたいだ。

「郵便物?」

「どうかしたの?」

同時に尋ねられる。わたしは今日の出来事を話した。

「わたしは特に気がつかなかったけどな」

早苗さんが言うと、礼子さんも続ける。

「わたしも。別になんともなかったけど。あ、ちょっと待ってね」

こたつから立ち上がると、チェストの上から封筒を手に取る。

「これ、今日取った郵便やけど、大したものなかったから、まだ見ていないのよ」

こたつの上に広げられた封筒を手に取る。たしかに開けられた気配はない。

「わたしだけなのかなあ」

「アイドルオタクには言った？」

「アイドルオタク？」

聞き返すと、早苗さんは鼻で笑った。

「ほら、あの管理人」

管理人室のポスターを思い出す。なるほど。

「言ったんだけど、集合ポストは管理人室から死角になっているからよくわからないって」

「なあに、あいつ。ヘタレ」

早苗さんは相変わらず容赦《ようしゃ》がない。

「明日にでも鍵つけようかと思っています」

「そのほうがいいかもね。わたしもそうしよっかなあ。早苗だって、仕事関係の郵便がくるんでしょ。気をつけたほうがいいよ」

「そうねえ」

話題が変わって部屋の空気が少し暖まる。わたしはリラックスして、足を崩した。

礼子さんはこたつに肘をついて、身を乗り出してきた。

「でも、鍵つけたって、気持ち悪いものは気持ち悪いよねえ。梨花子さん、そういうことしそうな奴に心当たりあるの」

一瞬、水科くんのことを考えた。けれど、証拠もないのに、そんなことを言うのは失礼だ。

「いえ、特にないです」

「特になくても知らないうちに惚《ほ》れられているかもよ。梨花子さんって、いかにも清楚《せいそ》なお嬢さんだもん。男がドリーム抱《いだ》きそうな感じ」

「そんな」

あわてて否定する。

なんだか、彼女らに話したことで胸のもやもやは少し収まった気がする。ここにきてよかった、と思った。礼子さんの香水の匂いだけは勘弁だけど。

食事を終えて、食器を台所まで運ぶ。

「あ、あのわたし洗います」

そういうと、早苗さんが手を振って制した。

「今日はわたしがやるわよ。ふたりでやっても合理的じゃないでしょ。次にやってよ」

嫌いだと言いつつ、次があるのか、そう思うと急におかしくなった。こたつに座ってお茶を飲んでいる礼子さんのところに行って、財布を出す。

「今日、材料費いくらでした？」

「ああ、今日はええわよ。こないだ、早苗に怒られたのよ。梨花子さんはじめてで、歓迎会みたいなもんなのに、材料費取るなんてって」

わたしは驚いて、てきぱきと洗い物をしている早苗さんのほうを振り返った。

本当に変な人だ。


電車のドアから、どっと人が吐き出される。金曜日の夜は嫌いだ。帰りの電車で乗り合わせる人たちの息が、酒気に汚れている。

わたしは彼らの吐く息から逃れるため、ドアの横で、身体を縮めている。

立ち仕事で、足はぱんぱんにむくんでいる。早く、靴を脱いで楽になりたかった。

もうすぐ、わたしの降りる駅だ。阪急千里《はんきゅうせんり》線は空《す》いているとはとても言えないけど、乗り換えがないのが助かる。

なんの気なしに隣りの車両に目をやったわたしは、そこに見知った顔を見つけた。

水科くんだ。優先座席の前で吊革を握って揺られている。

彼がどうしてこの線に乗っているのだろう。昔聞いた彼の家は南大阪のほうだから、まったく逆方向のはずだ。

それにわたしは、今日、仕事が終わってから郵便受けにつける鍵を買いに行った。定時で店を出たはずの水科くんと一緒になるのはおかしい。

電車はもうすぐ豊津に着く。急に水科くんが顔を上げた。目が合う。彼はさっと顔色を変えた。まるで、「まずいところを見つかった」というような顔。

電車が駅に滑りこむ。わたしは彼から目をそらすと荷物をつかんで電車を降りた。慌てたように、彼も飛び降りる。

(どうして、ここで降りるの？)

わたしは彼に背を向けたまま早足で歩き出した。名前を呼ばれた気がしたけど、振り向かなかった。

何度か、実家のある北千里《きたせんり》の駅で、彼を見かけたことを思い出す。あれは、ただの偶然だったのだろうか。

わたしは脇目もふらず、歩き続けた。さっきの彼の動作。まるで、わたしが降りたから、慌てて降りたように見えた。

(なんなのよ、もう)

職場からつけられてきたのだろうか、と疑心暗鬼になる。もし、違ったのなら単なる自意識過剰だけど。

駅を出てしばらく歩いてから、おそるおそる後ろをうかがう。彼がついてきている気配はなく、ほっとする。

「久住さん」

いきなり声をかけられて、びくん、と振り向いた。早苗さんが大きな鞄を肩にかけて立っていた。

まるで銀行員みたいな紺のブレザーとタイトスカート。ベージュのストッキングと黒のパンプス。無難な組み合わせもここにきわまれり、といった感じだ。とはいえ、わたしは少し彼女を見直した。家ではよれよれだけど、外に出ているときはきちんとした格好をしているらしい。

「歩くの速いのね。わたしも速いほうだと思ったけど」

今日は特別だ。けれど、わざわざ説明するのもおっくうで、わたしは頷いた。

自然と並んで歩き出すことになる。黙っているのも変なので尋ねた。

「早苗さんはどこに行っていたんですか？」

「ん、仕事の打ち合わせ」

そういえば、彼女の職業を聞いていなかった。

それをきくと、早苗さんは唇の左端だけ引きつらせるようにして笑った。

「マンガとかイラストとか描いているん」

「へえ、凄いですね」

素直な気持ちで言う。

「エロマンガでも？」

唖然としたわたしの顔を見て、彼女はくすくすと笑った。

「あんたっておもしろい。よっぽど純粋培養されてきたんやね」

バカにされているのだろうか。わたしは不機嫌に口を閉じた。

「そういえば、久住さん。礼子さんのこと嫌い？」

唐突に話が変わる。

「嫌いじゃないわよ。礼子さんはいい人だと思うわよ。どうしてそんなこと言うの」

「あんたが、たまに、すごくうるさそうな顔で礼子さんを見るから」

わたしはそんな顔をしていたのだろうか。唇を咬む。

「ま、礼子さんはああいう人だから、気はついていないと思うけど」

フォローにならないフォローだ。覚えがあるだけに自己嫌悪が押し寄せる。

「彼女の香水が苦手なだけ。そんな顔していたんなら、わたしが悪かったわ。次から気をつけておく」

「なるほど、香水ね。わたしへビースモーカーだから、あんまし匂いは敏感じゃないのよね」

だから、平気だったのか。わたしは肩をすくめた。

「言えばいいのに」

「え?」

「礼子さんに言いなさいよ。香水が苦手なんだって」

わたしはぼんやりと早苗さんを見上げた。そんなこと考えもしなかった。

「だって、そんなこと言うと彼女が気を悪くするかも」

早苗さんは四角いフレームの下で、何度か瞬きした。眉が上下する。

「言わないで、こっそり嫌いになるほうが、気を悪くするでしょ」

それはそうかもしれないけれど。わたしは鞄の肩紐をきつく握りしめた。

「なんでも言えばいいってもんじゃないわよ」

今度は早苗さんが、驚いたような顔になる。

「早苗さん、こないだ、礼子さんの彼のことで、ひどいこと言っていたじゃない。いくら、礼子さんが鷹揚《おうよう》だって、絶対に傷ついているわよ。あなたが礼子さんのこと心配して言っているのはわかるけど、もっと彼女の気持ちを考えてあげればどうなのよ」

早苗さんは返事をしなかった。マンションの前までくる。わたしたちは黙ったまま、並んで郵便受けを探り、並んでマンションの入り口をくぐった。

自然とエレベーターも黙ったまま並んで待つ。

気まずさはなかった。やっとこっちも言いたいことを言ってやれた、という爽快感《そうかい》でいっぱいだった。黙ったままの彼女を放っておいて、郵便物をひっくり返す。ダイレクトメールしかないせいか、今日は異常はなかった。

エレベーターがくる。並んで乗りこんだ。

早苗さんはぽつりと言った。

「そうかもしれないわね」

「え？」

「なんでも言えばいいってもんじゃないのかも」

わたしは大きく頷いた。

「絶対そうよ」

三階につく。わたしたちは並んで自分の部屋の鍵を開ける。早苗さんは急に、ドアにもたれかかってわたしのほうを見た。なんだか妙に楽しそうな顔をしている。

「ねえ、久住さん」

「なによ」

「わたしたち、足して二で割るといいのかもしれないね」

そういえば、いろんな点でわたしたちは正反対だ。価値観も、行動も。足して二で割る。いったい、どんな女ができるのだろう。その発想にわたしもくすりと笑う。

「そうかもしれないわね」

中に入って、ドアを閉めた。少し遅れて、早苗さんの扉も閉まる音がした。

玄関でコートを脱いで、中に入る。ふと、違和感を覚えて、足が止まった。

窓が少し開いて、そこから夜風が吹き込んでいた。カーテンがゆっくりと揺れていた。

どくん、と心臓が脈打った。

(わたし、今朝、ちゃんと閉めていかなかった?)

記憶ははっきりしない。けれども、こんな冬のさなかに、朝から窓を開けたりしないはずだ。

部屋を見回すが、特に荒らされた様子はない。整理簞笥《だんす》を開けて調べてみる。通帳や印鑑にも異常はなかった。

わたしはもう一度、部屋を見回した。そう、はっきりと変わっている、と断言できる部分はない。けれども、このどうしようもない違和感はなんなのだろう。
わたしは窓に駆け寄った。音をたてて閉めて、鍵をかける。何度も鍵を確かめた。
崩れ落ちそうなほど、不安だった。

第六章

　コーヒーを口に含んだ瞬間に、噴いた。

　異常な苦みが口の中に広がったのだ。カップを覗きこむと、中で煙草の吸い殻がほぐれて散っていた。灰皿に入れたつもりが、飲みかけのカップに入れてしまっていたらしい。どうりで苦いわけだ。

　めざとく見つけた沢口が鼻で笑った。

「アホか、おまえ。大丈夫か」

「大丈夫ちゃう。死ぬかも」

　うつろに言って立ち上がり、洗面所に向かう。口の中を濯《すす》いで、カップの中身を捨てる。

　鏡に映る自分の不景気な顔を見て、ため息をついた。青黒い顔色と、目の下のくま。

　気楽とのんきが身上ではあるが、やはり失恋というのは大ダメージだ。

　仕事にもまったく熱が入らない。なんとか、致命的なミスをしないように気をつけるだけで、精一杯である。

なんとか忘れたい、と深酒してしまい、体調はよけいに悪くなる。最悪のパターンだ。

あたりに聞こえないようにつぶやいてみる。

「やっぱ、滅入《めい》ってんのかなあ」


「どうしたんですか、小松崎さん！」

坂下さんはぼくの顔を見た瞬間にそう言った。ぱっと見ただけでわかるほど、不調を剝《む》き出しにした顔をしているのだろうか。そう思うとげんなりする。

「ああ、ちょっと胃の調子が悪くて」

ふと、違和感を抱いた。坂下さんの顔が妙に近い気がする。

足下に目をやって気がついた。いつもの踵《かかと》の高いパンプスではなく、ローヒールを履《は》いているのだ。さっそく力先生に言われたことを実践しているらしい。

「力先生には診《み》てもらったんですか？」

「いやあ、胃やから、力先生に診てもらってもあかんと思うわ」

「でも、整体って、トータルで体調を整《ととの》えるものでしょう」

「ん、まあ、そうなんやけど」

あそこの女の子に振られたから、行きたくないのだ、とは恥ずかしくて言えない。

「明日でも病院行ってくるつもりなんや」

彼女はしばらく納得のいかないような顔をしていたが、気にするのをやめたのか、封筒を取りだした。

「これ、今回の原稿です」

「あ、ありがとう」

受け取って中を開ける。たしか今回のお題はエステの話だったはずだ。

憧《あこが》れの高級エステに行ったのに、中で毒舌が売りのおばさんタレントと一緒になってショックを受ける、というイラストが描かれていた。

「これって、実話なんです」

半笑いで見ていると、坂下さんが解説してくれた。

「マンションの隣りに住んでいる子が話してくれたんです」

「へええ」

たしかにそのタレントは高級感とはほど遠い感じの人物だ。

「ありがとう。じゃあ、次もよろしく。またファックスするから」

「はい。よろしくお願いします」

軽く頭を下げると、鞄《かばん》を手に取る。

「小松崎さん」

「ん？」

「わたし、これから力先生のところに行こうと思うんですけど、一緒に行きませんか？」

ぼくは苦笑する。唇の端がひきつれて痛んだ。

「今、ちょっと忙しいんだ。落ちついたら行くよ」

「そうですか」

彼女は顎《あご》を引いてなにか考えていた。

「力先生ってなんか不思議ですよね」

「そうかな」

「わたし、今まで靴のことって、意識していなかったんです。自分がどうして踵の高い靴が好きなのか、なんて考えなかった。ただ、好きだから履いているだけだって思っていました。でも、あの先生と話していると、急に結び目が解《ほど》けたみたいに、なにもかもはっきりして。そうしたら、なんかもうどうでもよくなってしまった。不思議ですよね」

たしかにあの人は、もつれた身体と心を解きほぐしてくれる人だ。薬を与えて、炎症を抑えたり、麻痺《まひ》させたりするのではない。どこかでわだかまったり、滞《とどこお》ったりしている流れを正しい形に戻してくれる。

ぼくはふうっと息を吐いた。なぜか、今まで息を止め続けていたような気がした。

坂下さんは立ち上がった。

「じゃ、失礼します」

「坂下さん、待って」

振り返った彼女に言う。

「やっぱりぼくも行くわ」


珍しくプレハブの上に日が射している。時間によってはこういうこともあるのだ、と驚く。

ちょうどビルに囲まれた形になっている屋上も、日が当たればそれなりに気持ちいい。

坂下さんが先に立って引き戸を開ける。

「こんにちは」

「あ、いらっしゃい。お揃《そろ》いで」

問診票を手にした恵さんと目が合う。

坂下さんはスリッパに履き替えるとそのまま中に入っていく。受付奥には歩ちゃんの姿があった。彼女はぼくを見て、はっと身体を強《こわ》ばらせた。

診察室のベッドに力先生は腰掛けていた。

「おう、すぐできるで。どっちが先や」

「小松崎さん、勤務中ですよね。お先にどうぞ」

「あ、ぼくあとでええわ」

坂下さんは少し不審そうな顔をしたが、「じゃ、お先に」と診察室に入っていった。

歩ちゃんが奥から鞄を持って出てくる。

「お姉ちゃん、わたし、ちょっと早いけど休憩行ってええ?」

「ええけど、どうかしたん?」

恵さんはちらりとぼくのほうをうかがう。

「どうもせえへんよ。今朝、ぎりぎりで朝御飯食べられなかったから、ちょっとお腹空《す》いただけ」

「それやったら、ええよ。行っておいで」

「うん」

歩ちゃんはぼくににっこりと笑いかけた。

「じゃ、小松崎さんごゆっくり」

ぼくも愛想笑いを浮かべる。以前はあんなにうれしかった彼女の笑顔なのに、今はよけいに拒絶されている気がして、つらくなる。

恵さんは入り口に立ったまま、歩ちゃんが出ていくのを見送っていた。彼女が非常階段に消えると、恵さんはぼくの横に腰を下ろした。

「なんかあったん?」

鋭い。ぼくは低く呻《うめ》いた。内緒にしておきたい。だが、この調子ではばれるのは時間の問題だという気がする。診察室に聞こえないくらいの声で言う。

「なんというか……振られました」

「歩に?」

「ほかにだれに振られるって言うんですか」

診察室から、力先生と坂下さんの会話がぼそぼそと聞こえる。

恵さんは顎で、外をしゃくった。

「外で話す?」

頷《うなず》いて、外に出る。

ほんのわずかな間なのに、日はもう陰っていた。ビルをすり抜ける風の音がする。恵さんはフェンスのところまで歩いていくと、コンクリートの段に腰を下ろした。

ぼくも並んで座る。

「どないしたん？」

ため息をついて語りはじめる。

「歩ちゃんに、『恵さんと寝たか』って訊《き》かれたんです。それで……」

「まさか、本当のこと言ったん？」

「そうです」

「うわっ、信じられへん」

恵さんは眉間《みけん》に皺《しわ》を寄せてぼくを睨《にら》んだ。

「なんで、寝てへんって言わへんのよ。わたしかって訊かれたら、絶対そう答えるに決まっているやないの。てゆうか、そんなこともうすっかり忘れてたわ」

それはそれでちょっとショックである。

「恵さんはそう言うと思っていました。でも、嘘をつきたくなかったんです」

恵さんはがっくりとうなだれた。

「バカ正直」

「なんとでも言うてください」

正直に言ったことを後悔はしていない。歩ちゃんがそんなぼくを許せないと思うのなら、それはしょうがないことだ。嘘をついて、彼女を手に入れようとは思わなかった。

恵さんは手を組んで、そこに顎を乗せた。軽くため息をつく。

「どうしたものかなあ」

「ええんです。もう」

「なんでよ」

「やっぱり、歩ちゃんはぼくのこと、なんとも思っていなかったんやと思います。なんとなくわかっていました。いつも、電話かけるのも、デートに誘うのも、ぼくのほうばっかりやったし。たぶん、断わるのは悪い、と思ってたんやと思います。それに気づかなかったぼくが鈍感やったんです」

恵さんは少し考えてから口を開いた。

「あの子が、迷っていたのは事実やと思うのよ」

「迷う?」

「そう、雄大くんの気持ちを受け入れるかどうか」

たぶん、ぼくが彼女のことを思っていることは、彼女にも伝わっていただろう。

「あの子、たぶん力先生のことが好きなんやと思う」

思わず唸《うな》った。だとしたら、本当にぼくの出る幕などない。いくら変わり者でも、力先生は頼りがいのある人だ。歩ちゃんをきちんと支えてあげられるだろう。

「しょうがないですね」

「しょうがないってなによ」

「ぼくなんかより、力先生のほうがずっと歩ちゃんにはふさわしいです。彼女の病気のことだってよくわかっているし」

とたんに思いっきり足を踏まれた。

「なに言っているんよ。あの子が力先生を好きだっていうのはね、要するに、鴨《かも》の子どもが生まれて初めて見た物を親だと思いこむようなものなのよ。小さな女の子が、『パパのお嫁さんになる』って言うようなものなのよ」

恵さんはまた前を向いた。低い声で言う。

「それは、恋愛感情かもしれないけど、恋愛とは違うわ」

恋愛感情と恋愛の違い。ぼくはそれについて考える。

「知ってる？」

「なにをですか」

「わたしらって、力先生に助けられたの」

以前聞いたことがある。力先生は、この姉妹のことをカナリヤだと言った。薄い空気の中では生きていけないカナリヤ。

ぼくは力先生のことばを思い出した。

(あれでも、だいぶましになったんやで。おれが最初に拾ったときは、もうぼろぼろやった。姉妹同士憎みあっていたし、まともに仕事なんかでけへんかった。今は、仕事もできるし、遊ぶこともできる。ふたりでいたわりあうこともできるようになった。ずいぶんな進歩や)

「くわしいことは聞いていません。でも、なんとなくは」

「たぶん、歩は怖いんやと思う」

「怖い?」

彼女はこくん、と頷いた。

「自分が力先生を必要としなくなることがよ」

そう言ってからぼくのほうを向く。歩ちゃんによく似た色素の薄い目がぼくを見据えた。

「雄大くんとつきあうことも、病気から完全に治ってしまうことも、たぶん、歩の中では力先生を必要としなくなることにつながっているんやと思う。自分が力先生を必要としなくなれば、力先生はもう、こっちを向いてはくれない。そうすれば、あの子は今度こそ自分の足で立たなきゃならない」

告白したときの歩ちゃんの怯《おび》えた目を思い出す。まるで小動物のような瞳。

しばらく沈黙が続いた。恵さんは苦しげに笑う。

「わたしたちって歪《ゆが》んでいるね」

わたしたち。恵さんはたしかにそう言った。ぼくは気づく。恵さんがいつまでも行きずりの男と寝ることをやめないのは、それが理由なのかもしれない。

恵さんも怯えているのだとしたら。

恵さんは立ち上がって白衣の砂を払った。

「とにかく、歩のことは少し待ってあげて。彼女が答えを出すまで。お願い」

「わかりました」

待つことならかまわない。のんきだから根気だけはいくらでもある。

ぼくらはプレハブに戻った。ちょうど坂下さんが出てくるところだった。

「小松崎さん、お先でした。気持ちよかったあ」

ぐーっと背筋を伸ばして深呼吸してから、靴を履く。頬に赤みが差している。

け明るい顔をした。

「ああ、また電話するわ」

ぼくは診察室のカーテンを開けて、中に入った。不調を気取《けど》られたくなくて、できるだけ明るい顔をした。

だが、先生はぼくを見た瞬間に、眉間に皺を寄せた。

「どないしてん、小松崎」

ぎくりとしたが、笑ってごまかす。

「どうもしませんよ。先生」

「どうもせえへんことあるか。はよ、横になれ」

「はあ」

さっそくTシャツと短パンに着替えて、ベッドにうつぶせになる。先生はぼくの足下にまわると、ぐっと足首をつかんだ。

「つっ！」

まるで脳天にまで走るような痛みに、顔をしかめる。

「気の流れがめちゃめちゃやな」

そう言うと先生はベッドに飛び乗って、ぼくの背中に馬乗りになる。

「ちょっと痛いかもしれへんけど、我慢しとけ」

まるで、頭蓋骨《ずがいこつ》の隙間を狙うようにぐいっと指が頭に食い込む。たしかに、いつもよりもずいぶん強い。痛みは走るが決して不快ではない。

「首も固くなってるなあ」

たしかに先生の指が動くたびに、自分の首筋の筋肉が、ぐりぐりと動く感じがする。指は確実にポイントを捉《とら》えて揉《も》みほぐす。

血液が流れ出すむず痒《がゆ》い感触。首筋が溶けてしまいそうだ。

うっとりしていると、先生がいきなり口を開いた。

「あの子、仕事の知り合いなんやって？」

「坂下さんですか？　そうですよ」

「ふうん」

肩甲骨《けんこうこつ》に沿って手刀でぐっと押されて、声が漏《も》れる。

「どうかしましたか？」

「いや、デリケートな子やな、と思って」

デリケート。あまり彼女のイメージとは繋《つな》がらないことばだ。どちらかというと、強くしっかりした女性に見える。

そう告げると、先生は軽く鼻で笑った。

「まあ、その印象も間違っているわけではないんやけどな」

肩と肩甲骨の筋肉を揉みほぐすと、先生の手は首筋に戻る。上からゆっくりと体重をかけて押される。ある場所にくると、かくん、と骨が動くような気がした。

「首が緩《ゆる》んできたのわかるか？」

頷く。さっきよりも首筋があたたかく汗ばんでいる。

「外殻と中身に差がある子やからなあ」

話はまた急に坂下さんに戻る。

「無理しているってことですか？」

「んー、無理しているというのとは、また違うねんけどな」

指は背骨に降りてくる。

「なんていうか、鎧《よろい》着て、武器持って歩いているっつう感じやな」

「それって無理している、ということじゃないんですか」

「ある意味ではな。でも、世の中がこんなに複雑になったら、軽装じゃ生きていかれへん人間のほうが多いんちゃうかなあ。もし、自分に合った鎧と武器があって、それで強くいられるんやったら、それで充分やと思うで。もちろん、その鎧や武器に振り回されているようではあかんけどな」

たしかにそうかもしれない。素手で歩けなくて蹲《うずくま》ってしまうよりも、武器を手に歩いていくほうがまだましだ。

「ま、たまに、その武器で他人を傷つけてしもうたり、鎧が重すぎて転《ころ》んだりするかもしれへんけど、あの子やったら大丈夫やろう。基本のところは別に歪んでないわ」

足をぐい、と持ち上げられ、膝のところに体重をかけられる。全身がすうっとまっすぐになる気がした。

「はい。今日はこんなもんやろう」

「ありがとうございます」

身体中にわだかまっていた重さがすっきり消えている。ぼくは深呼吸して起きあがった。

戻って、原稿をひとつあげた。ここ二日ほど苦しんでいたものなのに、まるでもやが晴れたように、あっと言う間に書けた。

状況はまったく変わっていない。というより、歩ちゃんが力先生のことを好きなのかもしれないということは、かなりショックだった。

ただ、今のぼくはさっきまでと違って、そのショックな出来事も、素直に受け入れることができていた。

結局、なるようにしかならないのだ。

原稿をプリントアウトすると、ぼくは編集長のところに持っていった。

「これ、こないだのインタビュー記事の原稿です」

「おう、ストーカー被害者のか？」

編集長は眼鏡《めがね》をかけ直すと、原稿に目を通す。

「ん、ご苦労さん。これでええわ」

ほっとして席に戻ろうとすると、編集長の声が追ってきた。

「しかし、このネタもそろそろ苦しくなってきたなあ。もういい加減、引っ張りすぎたかなあ」

「そうかもしれませんね」

編集長はしばらく唸ると、決心するように机を叩いて立ち上がった。

「よっしゃ、ストーカーネタは次で終わりにするか。そのかわり、雄大。おまえ、最終回にふさわしいような大ネタ探してこい」

「へ、ぼくがですか?」

編集長は満足げに頷いた。

「そうや。おまえがや。なんや、なんか文句あるんか」

「い、いえ、ありません。がんばりまっす」

できるだけ、元気な声で返事して、自分の席に戻った。ただでさえ、傷心で仕事どころではないのに、またやっかいなことを押しつけられたものだ。

「とはいえ、やるしかないんやろうなあ」

小さな声でつぶやいた。どちらにせよ、今のぼくには待つことしかできないのだ。そのあいだ、うじうじ悩んでいるのも、前向きに仕事するのも時間の流れは一緒だ。

ぼくは次の原稿に取りかかるべく、またノートパソコンに向かった。


十時過ぎまで仕事をして、社を出た。まあ、この時間に帰れれば御《おん》の字だ。

ぶらぶらと御堂筋《みどうすじ》に沿って駅まで歩く。大阪の町は混沌《こんとん》としている。オフィス街も歓楽街も隣り合わせだ。飲み屋のネオンを眺めながらそう考えた。

「小松崎」

名前を呼ばれると同時に、ごつん、となにかが背中にぶつかった。

「うわっ」

振り向くと、ご愛用のボロ自転車にまたがった力先生がにやついた顔でそこにいた。どうやら自転車ごと追突してきたらしい。

「今、帰りですか？」

「おう、そうや」

いつもの白衣ではないから、威厳はない。しかしこの寒いのに、Tシャツの上には、ぺらぺらのジャケット一枚、という姿である。しかもそのジャケットは、蛇と花のきてれつな模様だ。いったい、どこからそんな服を探してくるのか。

「小松崎、家まで送ってやろうか」

先生はいきなり、そんなことを言った。

「その自転車でですか？」

「当たり前や。なんで電車なんか乗らなあかんねん」

そういえば、以前もそのボロ自転車で連れ回されたことがある。尻に振動が響いて、次の日は筋肉痛で悶絶《もんぜつ》することになったのだ。

「遠慮しておきます。痔《じ》になりそうですから」

「心配するな。痔になったら、おれが治してやる」

「整体で治るんですか」

「ああ、軽いやつやったらな。だから、安心して乗れ」

なんだか本末転倒な気がするが、ぼくはボロ自転車の後ろにまたがった。ふたり分の体重を受けて、自転車が悲鳴を上げる。

先生は、自転車をこぎだした。人通りの多い御堂筋なのに、すいすいと人の間をすり抜ける。高速の下を通り、川沿いに大通りを避けて、人気《ひとけ》のない夜のオフィス街に入る。

ぼくは思い切って尋ねた。

「先生、どうかしたんですか？」

車輪のぎいぎいいう音に混じって、声が返ってくる。

「どうかしたって、なにがや」

「ぼくを家まで送るなんて言い出して、なんか話があるんじゃないですか？」

先生は、急に自転車を止めた。つんのめりそうになって、あわてて足をつく。

「ふうん」

笑みを含んだような顔で振り返って、ぼくの顔をまじまじと見た。

「なんですか」

「いや、小松崎もぼーっとしているだけやないんやなあ、と思って」

だいたいのところは見当がつく。たぶん、恵さんが話したのだろう。

先生はまた、自転車を走らせた。明るいネオンや飲食店の並ぶ通りを外れると、大阪の夜は灰色だ。なにかを忘れ去られたように暗い。

「ほんまは、あいつらが自分で話せるようになるまで、黙っておこうと思ったんやけどな」

「彼女らのことですか」

返事は返ってこない。だが、先生が頷いた気配がした。

「ぼくが聞いてもええんですか。彼女ら、いやがりませんか?」

「いやがるかもしれへんな」

「じゃあ、やめときます」

「あかん。どうしても聞いてもらう」

また、そんな無茶を言い出す。

「ぼくが聞いたって、なんにもできませんよ」

「なんにもできんでもええ。おまえが選ぶ材料にしてくれ」

ぼくは聞き返した。

「ぼくが選ぶ?」

「そうや」

ぼくに選ぶことなどなにもない。選ぶのは歩ちゃんだ。そう言うと、先生は大きな声で、「違う!」と叫んだ。

「選ぶのは、おまえや」

さっぱりわからない。歩道をがたん、と降りる振動が尻に伝わって、慌てて荷台につかまる。

「あいつら、父親が違うんや。母親が、恵の親父と離婚してな、それから歩の親父と結婚した」

ぼくは黙って聞くことにした。どちらにせよ、この先生の強引さには逆らえない。

「あいつらの母親は、あいつらが小学生くらいのとき、病気で死んだんや。あとは歩の親父があのふたりを育てた」

そこまで話して、先生は黙った。ため息をつく。

「なんかいやな話になるわ。やっぱり聞くのやめるか」

「先生がどうしても聞いてもらうって言ったんやないですか」

「ああ、そうやったなあ」

先生はもう一度深いため息をついた。

「たぶん、その親父も悪人ではないんや。あのふたりのことを、愛していたし、可愛がっていたんやと思う。でも、親父にとってはあの姉妹は、姉妹ではなかったんや。わかるか？　片方は血のつながりがあって、片方はない」

いやな予感がした。荷台を握る手がかすかに汗ばむ。

先生はしばらく黙っていた。やっと、口を開く。

「恵は、まだ初潮がくる前から、親父に抱かれていたらしい」

「そんな！」

喉から出た声はかすれていた。

「ほんまや」

先生はそう言ってから、急に自転車の速度を上げた。なにかから逃げようとしているみたいだった。

「親父は歩のことは、本当に娘として可愛がっていたらしいけど、家の中で起きていることが隠せるはずなんてないわな。あいつは、まだ小学生の頃から、親父と姉が性交している家の中で生きてきた」

許せない、と思った。たとえ、直接暴力が振るわれたのが、恵さんだけだったとしても、それはあのふたりに同様に降りかかっている、あのふたりの心に。

「なあ、おれは心理学者やないから、くわしいことはわからへん。でも、あいつら、そんなに親父のことを憎んでいるわけやないんや。不思議なことにな。むしろ、親父を憎んで、侮蔑《ぶべつ》して終わるなら話は簡単なんや。でもな。あいつら、自分のことを責めているんやと思う。責めながらやないと、生きていられへんのやと思う」

目を閉じて歯を食いしばる。そんなに激しい嵐に巻き込まれ、翻弄《ほんろう》されながら彼女たちは生きてきた。

「歩はな、たぶん、人から女として愛されることが、とても恐ろしくて、そうして、とても羨《うらや》ましいんやと思うんや。そのふたつの相反する感情を、自分でどうすることもでけへんで、立ちつくしているんやと思うんや」

冷たい風が、耳を熱くする。ぼくは先生の声だけ聞いている。

「なあ、小松崎。おれは愛情なんてもんは、そんな大層なもんやないと思っている。しょうもない、エゴだらけの、いやらしいもんや。でも、人間って、それがないと生きられへんみたいやなあ」

ぼくは頷いた。先生には見えないことはわかっているけど、ただ頷いていた。

「だから、おまえが選ぶんや。こんな話を聞いても、あいつと一緒にいてやれるか。もし、無理でもそれはしゃあないことや。小松崎？　泣いているんか？」
ぼくは返事をしない。荷台を握りしめて、振動に耐えるだけだ。
手を触れたら切れるような、鋭い月が、空に出ていた。

第七章

場所柄か、閉店間際まで客足は途絶えない。

仕事帰りのOLやサラリーマンなどで、昼間よりも混雑するくらいだ。

新刊書が平積みになっている島を整理する。立ち読みで乱れた山を直し、違う場所に置かれた本達を元に戻す。

「あれ、自分?」

真横で男性の声がした。気にせず通り過ぎようとしたら、肩をがしっとつかまれる。

亮治さんだった。黒いロングコートの肩を丸めるようにして立っている。

「えーと、礼子の隣りの部屋の子やなあ。名前、なんて言うたっけ」

「久住です」

「ああそう。もしかして、ここで働いてんの?」

「ええ、そうです」

雑誌名の入ったエプロンと名札。これでわたしが従業員に見えないのなら、そっちのほうが不思議だ。

「へえ、本屋の仕事かあ。おもしろい？」

彼は興味深そうに店内を見渡した。

「普通だと思いますけど」

「アルバイト？」

「いえ、正社員です」

すぐに立ち去ってくれるかと思っていたのだが、彼はいつまでも横に立って、しゃがんで仕事をしているわたしを眺めている。

レジに入っている女の子が、カバーを掛けながらこちらを見ていた。変な噂を立てられるのはいやだ。

わたしは身体を起こして、亮治さんに言った。

「すみません。今、勤務中だから私語は怒られるんです」

「へえ、厳しいんだ」

彼はひるんだ様子もなく、へらへら笑っている。

「店、何時に終わるの？」

「九時ですけど」

「じゃ、もうすぐやん。待ってるわ」

「はあ？」

聞き返す暇もなかった。彼はほかの客の間をすり抜けると、店の外へ出ていった。

首を傾《かし》げる。

聞き間違いでなければ、亮治さんはたしかに「待っている」と言った。なぜだろう。わたしの仕事が終わるのを待って、なにかいいことでもあるのだろうか。

店内には、「蛍の光」が流れはじめている。わたしは慌てて、レジを閉めるためにカウンターの中に入った。

レジを閉め、お金を夜間金庫の袋に入れていると、伊坂店長がチェックにまわってくる。

彼女は帳簿をつけながら、わたしに囁いた。

「久住さん、さっき格好いい男の子と話していたやん。友だち？」

目が早い。だが、陰でなにか言われるよりは、こうしてはっきり尋ねてくれたほうがありがたい。わたしはわざと、ほかの人にも聞こえるような声で話した。

「知り合いの彼氏ですよ。偶然店にきたみたい。わたしも一度しか会ったことないです」

店長は少しつまらなそうに、「ふうん」と言った。

閉店準備には少し手間取った。通用口から出たあと、もしやと思って、店の前にまわった。亮治さんは、シャッターにもたれて待っていた。

彫りの深い顔に笑みを浮かべる。

「遅かったやんか」

「店が閉まったからといって、すぐ帰れるわけじゃないんです」

どうしてわたしを待っていたのだろう。礼子さんのところに行くから、一緒に帰ろうということなのだろうか。

彼はシャッターから身体を起こすと、いきなりわたしの腕をつかんだ。

「まだ、夕飯食べてへんのやろ。どっか、うまいものでも食べにいこか」

「えっ」

わたしは慌《あわ》てた。ずんずんと歩き出す彼の手から、腕を引き抜く。

「あ、あのっ。わたし、もう帰りますから！」

「別に帰ったってひとりなんやろ。おごったるし、遠慮せんでええよ」

「遠慮なんかしていません」

自然ときつい声になってしまっていた。彼は眉間にすっと皺を寄せた。

「すみません。遠慮なんかじゃないです。わたし、友だちの彼氏とふたりで食事なんかできません。ごめんなさい」

彼は唇の端をつり上げた。まるで侮蔑したような顔になる。

「なに言うてんねん。別にホテルに誘ったわけやないやろ。たかが飯やないか」

地下街を通る人たちが、振り返ってこっちを見る。恥ずかしさに顔から火が出そうだった。

「ごめんなさい。失礼します」

わたしは鞄を抱きかかえて、彼の横を通り過ぎた。その瞬間、彼は言った。

「つまらん女やなあ」

鞄をぎゅっと抱きしめた。そのまま足早に通り過ぎる。途中で振り返ったが、彼がついてくる様子はなかった。

奥歯をきつく咬《か》む。馬鹿にされた、という思いがこみあげてくる。きっと女なんて、だれでも誘ったらついてくる、と思っているんだ。

それとも、食事くらいで過剰反応するわたしがおかしいのだろうか。

家に帰るまで、不快な気持ちは影法師のようについてきた。

マンションの灯りが見えたとき、ふうっと強ばっていた気持ちが緩む気がした。いつのまにか、このマンションはわたしにとって、くつろげる自分の部屋になっているのだ、と改めて、気づく。

中に入る前に郵便物を取ろうと、集合ポストに近づく。

伸ばした手が、凍《こお》り付いた。

昨日つけたはずの数字錠がなかった。

礼子さんは、わたしが大事にしているクマのぬいぐるみを膝の上に載せていた。早苗さんは本棚をしげしげと眺めている。

休みの日だから、ふたりを食事に招いたのだ。正直な話、早苗さんを呼ぶことにはまだ抵抗はあったが、ごちそうになりっぱなしというのはやはり礼儀知らずだと思うし、礼子さんだけを招くわけにはいかない。まあ、いやなら向こうが断わるだろう、と思って声をかけたが、早苗さんはけろっとした顔でやってきた。

今日は礼子さんのお勤めがある、ということで、六時過ぎからの少し早めの夕食だ。得意料理というのは特にないのだけれど、スーパーで安かった鯖《さば》を焼いて、ほうれん草のおひたしと、キャベツと薄揚げの味噌汁《みそしる》、大根のサラダを作った。

味噌汁に葱《ねぎ》を散らして、味噌を溶く。火を止めると、鍋ごと、ふたりが座っているテーブルまで持っていった。

「すごおい。ちゃんと一汁三菜、家庭料理って感じじゃない」

礼子さんはそう言いながら、味噌汁のお椀《わん》を差し出した。うちはひとり分、最低限の食器しかないので、食器はそれぞれ持ってきてもらった。

「実家で作るときは、どうしてもこんなものが多いから」

早苗さんは炊飯器の蓋を開けて、三人分のご飯をお茶碗《ちゃわん》によそっている。

「なんか、ひとり暮らしだと、つい、大皿で食べられるものとかになるよね。こういうのひさしぶり」

わたしだって、引っ越してきて、こんなにきちんと料理をしたのははじめてだ。たぶん、一緒に食べてくれる人がいなければ、作る気にならなかっただろう。

準備ができたので、食べはじめる。他人に料理を食べてもらうのは、やはり緊張する。自分では悪くないと思っていても、他人の味覚はわからない。

「味噌汁、塩辛くないですか？」

「ん、そんなことないよ。美味《おい》しいよ」

礼子さんが一口飲んで頷く。

「なんか、ひとんちの味噌汁って、具が違っておもしろいよね。わたし、キャベツの味噌汁って食べたのはじめて」

「変ですか？」

「ううん、甘くて美味しい」

早苗さんが器用に、鯖の身を骨から外《はず》しながら言う。

「そういえば、礼子さん、わたしが作った里芋の味噌汁も、はじめてやって言ってたよね」

「だってうちでは、豆腐とわかめとか、大根と揚げとか、じゃがいもと玉葱とか、そういう定番の組み合わせしかしなかったんやもの」

早苗さんが眉を上げた。

「じゃがいもと玉葱って定番？」

「定番ですよ」

礼子さんとほぼ同時に言う。思わず、顔を見合わせて笑った。

「うちでは、じゃがいもはわかめと組み合わせてたよ」

早苗さんが言って、しばらく味噌汁の具談義が続いた。

話が途切れたとき、ふと、早苗さんが箸を動かすのをやめた。

「そういえば、久住さん、郵便物はもう大丈夫なの？」

わたしは茶碗をテーブルに置いた。

「それが……」

礼子さんが身を乗り出す。

「まだ、見られているみたいなの？」

「数字錠をつけたんです。でも、一日経《た》ったら外されていた」

「うそっ」

「それって、数字はなにに設定していたの？」

早苗さんの質問に答える。

「誕生日です。わたしも不注意だったのかもしれないけど。でも」

「ってことは、ストーカーは久住さんの誕生日を知っている人ってこと？」

「誕生日なんか、住所わかればすぐわかるわよ。市役所に行って、本人に頼まれたふりして住民票でも請求すればいいんやもの」

わたしは両手を膝の上で握りしめた。そこまでするような人がいるのだろうか。

「住民票って移動しているの？」

礼子さんが尋ねる。わたしは首を横に振った。

「まだです。でも、実家の郵便はこっちに転送してもらっているから。それを見たら実家の住所はわかると思います」

「じゃあ、一緒か。絞りこめないわね」

部屋の空気が澱《よど》んだようになる。わたしは、無理に明るい声を出した。

「また、新しい鍵をつけます。今度はそう簡単にわからない番号にして」

「それにしたって、そういうことしている人がいるってこと自体が、なんかいややない？」

礼子さんが言うと、早苗さんも同意する。

「警察に言ってみたら？　鍵を勝手に外すやなんて異常やもの」

それがいちばんいいのだろうか。だが、郵便受けの数字錠くらいで、警察が真剣に相手してくれるとも思えない。

早苗さんはテーブルに頬杖をついた。

「ねえ。白馬に乗った王子様と、ストーカーってどう違うと思う？」

「え？」

唐突な質問に目を丸くする。

「そんなん、全然違うやん。正反対やないの」

礼子さんは唇を尖らせてそう言った。

「そうなのかなあ」

早苗さんの顔からはいつもの硬い表情は消えていた。ぼんやりとした目を、何度か瞬《まばた》きさせる。

「だって、茨姫《いばらひめ》なんか眠っているだけやないの。ただ、眠っているだけやのに、そこに王子様が通りがかって、勝手にキスするの。わたしやったら、絶対にむかつく。起きた瞬間にひっぱたいてやるわ」

そういえば、白雪姫だって同じようなものだ。通りすがった王子様が勝手に見初《みそ》めてキスをする。

「そう言われてみれば、シンデレラなんか、本当にストーカーみたいなもんやねえ。だって、勝手に惚れて、自分が履いていた靴を持っていかれるんやもん。うわっ気持ち悪っ」

礼子さんの口調に思わず噴き出してしまう。

「要するに、違いは、美貌と財力があるかないか、だけかあ。なんか夢が破れた感じやわあ」

礼子さんはくにゃん、と身体を曲げて、壁に背中をすりつけた。

「でも、久住さんのストーカーに美貌と財力があったからって、いやなもんはいやじゃない？」

「いやです」

きっぱりと答える。たとえ、どんなにハンサムでお金持ちでも、こんなことする人は絶対にいやだ。

早苗さんは大きく伸びをして、立ち上がった。

「ごちそうさま。後かたづけするわ」

「あ、ええよ。今日はわたしがするわ」

礼子さんがくにゃんとしたまま、片手を挙げる。

「だって礼子さん、今日お勤めでしょう」

「まだ、時間あるもん。大丈夫」

「あ、そ。じゃ、久住さん、材料費いくらくらいやった?」

慌てて手を振った。

「いえ、いいです。こないだごちそうになったし」

「あかん。あれは歓迎会みたいなもんやから、特別。取ってくれな、次からごちそうになりにくいやないの」

しばらく押し問答したあげく、わたしが負けて三百円を受け取った。見れば、礼子さんは、もう食器を流しに持っていって洗い物をはじめている。

「じゃあ、礼子さん、あとお願いね。食器はまた取りに行くわ」

早苗さんは礼子さんに玄関から声をかけた。サンダルをつっかけながら言う。

「じゃ、久住さんごちそうさま、美味しかったわ」

早苗さんが行ってしまうと、わたしは礼子さんの横に立った。布巾《ふきん》を手にして、洗い物を拭《ふ》く。

心の中には、昨日の亮治さんの行動が引っかかっていた。礼子さんに話すべきなのかどうか。

食事くらいで、と笑われるだろうか。少し考える。だが、もし、わたしが彼女の立場だったら。

自分の彼氏が、自分の友だちを食事に誘うなんて絶対にいやだ。頭が固いのかもしれないけれど。

思い切って尋ねる。

「あの、礼子さん？」

「ん、なあに」

「礼子さんは、自分の恋人が、自分の友だちを食事に誘ったりしたら、腹が立ちますか？」

礼子さんはにやりと笑った。肘でわたしの脇腹をついてくる。

「なになに。それ、梨花子さんの恋愛相談?」

「い、いえ、わたしのじゃないです。わたしの友だちの話です」

「ふうん。あやしいなあ」

白い皿をきゅきゅっとスポンジでこする。

「どうやろう。ちゃんと理由があるんなら食事くらいはいいけど」

「理由?」

「うん。たとえば、恋人とその友だちが同じ職場やったりしたら、食事するのは普通のことやん。ほかにも、わたしが興味ない共通の趣味とかあるんやったら、ふたりで食事してその話するのは、おかしくないし。でも、まったくなんの理由もなく、ただ会って食事したとかやったら、むっとするなあ。そのあとなんにもなくても」

「そうですよね」

安心する。わたしが亮治さんの誘いを断わったのは、過剰反応ではなかった。わたしは亮治さんと一緒に食事する必然性なんかないのだ。

しかし、よけいに話しにくくなってしまった。どうやら、亮治さんはもともと浮気性なタイプらしいし、あんなことはよくやっていて、礼子さんもそれを知っているのかもしれないけれど。

「ねえ、梨花子さん」

礼子さんは茶碗の水を軽く切ると、わたしに渡した。

「なんですか?」

「もし、わたしが馴れ馴れしくてうっとうしい、と思ったら、そう言ってね」

驚いて茶碗を取り落としそうになる。

「あ、あの、わたし、そんな失礼な顔していました?」

「ううん、違うの。そうやなくて、わたし、あんまし、人の都合とか立場とか考えへんタイプなのよ。仲良くしたいとか話したいとか思ったら、つい行動に移してしまって、相手の迷惑そっちのけになってまうの。特に、お酒が入るとよけいにね。いつも、早苗に怒られるんやけど。だから、梨花子さんもなんか、思うことがあったら、なんでも言ってね。わたし、あんまし気にせえへんし」

礼子さんの横顔をぼんやりと見つめた。柔らかそうな白い頰に、ふんわりとしたウェービーヘアがかかっている。

わたしは急に、彼女がなぜ、ホステスという仕事をやっているのか理解した。

もし、わたしが仕事に疲れた男の人なら、こんな女の人と一緒に話してお酒を飲めば、癒《いや》されたような気持ちになるだろう。見かけがきれいだというだけでなく、中身もふわふわと柔らかい。この人には、他人を緊張させるようなところはまったくなかった。

たぶん、ＯＬやそのほかの職業より、彼女にはその職業が向いているのだ。

「礼子さん、わたし、人見知りするんです」

彼女は、蛇口のお湯で手を洗って、軽く振った。

「だから、最初は正直言って、ちょっと戸惑いました。でも、人見知りだから、こうやって誘ってもらわないと、全然お話なんかできなかったと思うんです。たぶん、早苗さんとも、挨拶くらいしかしなかっただろうし。それで、郵便受けのことも、きっとだれにも相談できなくってもっと悲惨な気持ちでいたと思うんです」

だから、とことばをつなぐ。

「礼子さんに、いろいろ声をかけてもらって、本当にうれしかったです」

いきなり、腕にぎゅっとしがみつかれた。礼子さんはわたしのセーターの肩に、顔を押しつけた。

「梨花子さん、優しい。ありがとう。そう言ってくれてうれしいわ」

その柔らかな感触に、わたしは幸せな気持ちになる。

「久住さん、ちょっときてくれない？」

本社から帰ってきた伊坂店長はまっすぐわたしのところにきた。

「あの、今ですか。これ、急ぐんですけど」

チェックしかけの発注書を見せると、店長はこともなげに言った。

「だれかにやってもらって」

しょうがないので、暇そうな人を目で探す。ちょうど、厨子《ずし》さんがこっちにやってきたので、代わってもらうことにした。

「すみません」

店長は黙って頷くと、店を出ていく。そのまま後についていく。

どうしたのだろう。ちょっと話をするだけなら事務所で充分なのに。

少し歩いたところにあるセルフサービスのコーヒースタンドに、店長は入った。

「コーヒーでいいでしょ。座っていて」

そう言われて、わたしは空いている席を探して、そこに座った。店長はカウンターでコーヒーを二人分買って、テーブルにやってきた。

灰皿とカップの載ったトレイが、目の前に、どん、と置かれた。わたしは店長の表情をうかがう。彼女は頬にかかる髪を払おうともせず、ポケットから煙草とライターを取りだした。

店長は煙草に火をつけて、煙を吐いた。沈黙に耐えきれず、わたしは尋ねた。

「あの、どうかしたんですか？」

彼女は、残った煙を吐ききると、口を開く。

「今度、尾口さんが異動することになったわ」

わたしははっと顔を上げた。

「名古屋《なごや》のほうの店。珍しいでしょう。うちは女子が地域外の店へ転勤することなんか、まずないからね」

たしかに、だいたい店の間の異動も引っ越しをしなくて済む範囲で行なわれている。どうして、彼女が名古屋なんかに。

「ま、体《てい》のいい虐《いじ》めみたいなもんやね」

「あの……」

おそるおそる尋ねた。

「どうして、そんな」

彼女は、まだ長い煙草を灰皿でぎゅっとつぶした。

「久住さん、覚えない？」

「わたしですか？」

驚いて聞き返す。なぜ、尾口さんの転勤にわたしが関係するのだろう。

「深場さんに、なに言ったの？」

顔を上げると、店長の真剣な目がこちらを見つめていた。

答えられなかった。たしかに、尾口さんの遅刻癖が直っていない、ということを言ったのはわたしだ。でも、ただそれだけのことだ。

「上の人に可愛がられるのが、そんなにうれしい？」

「そんな！」

わたしは悲鳴のような声をあげた。

「わたし、そんなつもりじゃありません。たしかに尾口さんが、たまにタイムカードをほかの人に押させていることは、ブロック長に言いました。だって、本当のことじゃないですか」

店長は、前髪の中に手を突っ込んで、わたしをちらりと見た。

「それだけじゃないでしょう。ほかの人のことも言ったでしょう」

ことばに詰まったが、ようよう言い返す。

「でも、全部本当のことです。嘘なんかついていません」

店長はこれ見よがしのため息をつく。わたしは唇を咬んだ。

「なら、なんでわたしに言わないの。それなら個人的な注意だけで済んだのに」

下を向く。自分が悪いのだとは思いたくなかった。わたしはただ本当のことを言っただけだ。不真面目な勤務態度を取っている人が悪いのではないのだろうか。

「一応、言っておくわ。わたし、深場さんは嫌いなの。向こうもわたしのこと嫌いみたいやしね。一触即発って感じやの。だから、久住さんがこの先も、そうやって深場さんに媚《こび》を売るんやったら、こっちもそれなりの考えがあるから」

「そんなの私怨《しえん》じゃないですか」

悔《くや》しかった。泣きたくはないのに、声が震えた。

「私怨で結構。だけど、一緒に働いている仲間のことを、わたしの頭を飛び越して、上に言うような人って、わたし駄目なの。そんなに自分がえらいと思っているなら、店長でもなんでもやってみれば」

涙がエプロンの上に落ちるのがわかった。歯を食いしばる。

「とりあえず、しばらくはなんでこんなことになったのか、店の子に話すつもりはないわ。だけど、久住さんが、どうしても自分は悪くないって言い張るんだったら、この先わからへんわよ。ポリシー持ってやったことなら、みんなに話しても平気でしょう」

たぶん、そんなことが知れたら、わたしは店に居づらくなるだろう。まるで、脅迫だ。

店長は鞄を持って立ち上がった。

「ゆっくりしていてええわよ。涙が引いて、気分が落ちついたら店に戻りなさい」

店長が店から出てしまったあと、わたしはハンカチを持ってきていなかったことに気づいた。ぺらぺらの紙ナプキンで涙を拭《ぬぐ》った。洟《はな》を啜《すす》りながら、残りのコーヒーを飲み干した。


そのあとは仕事でミスばかりした。レジを何度も打ち間違えた。取り寄せだった本を、店頭に並べてしまったり、頼まれたことを、すぐに忘れてしまったりした。

「蛍の光」が店内に流れたときは、安堵のため息をついたくらいだ。

何度も店長に謝ってしまおうか、と思った。でも、それだけはいやだ、ともうひとりのわたしが言う。不真面目な勤務態度が許されるのなら、まじめに仕事をしているわたしは損をしていることになる。そんなのは絶対にいやだった。

帰り道も、ずっと出口のない思考がぐるぐる頭の中でまわっていた。早く、部屋に帰って、お風呂に入ってくつろぎたい。そう思いながら、帰りを急いだ。

部屋に入る前に集合ポストに寄る。昨日のうちに付け替えた数字錠は、今度は外されていなかった。

今度の番号は友だちの電話番号だから、そう簡単にわからないだろう。

鍵を外して、中の郵便物を取った。そのまま、マンションに駆けこんで、エレベーターを待つ。

管理人室からは、おせじにも上手とは言えない女の子の歌が聞こえてくる。アイドルのCDなのだろうか。

エレベーターの中で、わたしは郵便物を確かめた。封筒の裏を見ても、開けられた気配はなかった。少しほっとする。これで解決してくれればいい。

かさっと郵便物の束から、一枚の紙が落ちた。ハガキ程度の大きさの紙だった。しゃがんで拾い上げる。

手に取った瞬間、鳥肌がさっと立った。

ただの白い紙。でも、そこには黒いサインペンで文字が殴り書きされていた。

「やましいことがないのなら、なぜ隠すの？」

吐き気がした。これは郵便物を見ていた人が入れたものだろうか。

異常者だ、と思った。まるで、郵便物を見ることが当然の権利だと思っているみたいだった。

(だれなのよ。いったい)

恐怖がこみあげてくる。ただ、好奇心や悪戯《いたずら》として、郵便物が開けられていたわけではなかったのだ。

三階について、エレベーターのドアが開いても、しばらくは足が震えて動けなかった。


目覚ましが鳴る。

やっとのことで、手を伸ばすが、届かない。

ゆうべは不安のあまり、なかなか寝付けなかった。礼子さんは仕事だろうし、まだ、早苗さんの部屋を訪ねるのには抵抗があった。

家や友だちに電話する気もせず、結局明け方まで悶々《もんもん》としていたのだ。

なんとか、精一杯手を伸ばして目覚ましをつかむ。

とたんに腰に激痛が走った。

「くっ」

思わず呻《うめ》いた。一気に眠気が飛んでいくような痛み。無理な姿勢をとったせいだろう。なんとか引き寄せた目覚ましを止めた。

手を動かすだけで、腰に杭を打ちこまれるようだ。わたしはうつぶせになって、しばらく動かずにいた。

すぐに痛みは引くだろう、と思った。だが、じっとしていても、鼓動と同じリズムで痛みは刻まれる。

いったいなんなのだろう。

寝ているわけにはいかない。仕事に行かなくては。だが、立ち上がることもできない。少し動くだけで、背骨に錘《おもり》を落とされたような痛みが走るのだ。

なんとか、這《は》いずったままベッドから降りた。背骨が折れてしまったかのように痛む。どうしたらいいのだろう。まともに歩くことさえできない。泣き出したくなるのを必死でこらえた。

実家に電話しようかと思った。だが、実家からここまで三十分近くかかるだろう。その時間すら、耐えられないと思った。

痛みに押しつぶされそうだ。涙がぼろぼろこぼれる。

耐えきれず、わたしは悲鳴を上げた。大した声は出なかったけど、叫んだ。

「痛い、痛い、痛い」

声を出しても腰に響く。わたしは這いつくばったまま、顔をカーペットに擦《こす》りつけた。

自分で電話して救急車を呼べばいいのだろうか。

とたんに、ドアが激しくノックされた。

「久住さん？　久住さん？」

早苗さんの声だった。

「どうしたの。久住さん！」

チャイムが押される。わたしはなんとか這ったまま、前に進んだ。玄関までなら辿《たど》り着けるだろう。

早苗さんは、まだわたしの名前を呼んでいる。その声がとても頼もしかった。

第八章

ジーンズの尻ポケットに入れた携帯電話がぶるぶると震えた。

「はい」

「もしもし、雄大くん？」

恵さんの少し掠《かす》れた声が耳元で聞こえる。

「あ、こんばんは。どうかしたんですか？」

「あの、ちょっと話したいことがあるんだけど。時間取れない？」

校了前で、殺気立っているまわりの様子をうかがう。正直な話、自分の原稿もあまり余裕はない。だが、物事には優先順位というものがあるのだ。

まわりに聞こえないように言った。

「いいですよ。あんまり長い時間は無理ですけど」

そっちに行きましょうか、と言うと、恵さんは近所のインド風喫茶店を指定した。力先生や歩ちゃんには聞かれたくない話なのだろうか。

ぼくは、トイレに行くふりをして、こっそりと席を立った。どちらにしろ、徹夜でだらだらと仕事することになるのだ。一時間くらい息を抜いてきても罰《ばち》は当たらないだろう。

待ち合わせ場所の喫茶店は、巨大なビルふたつに挟まれて、押しつぶされそうに立っている。怖いくらいに急な階段を上がって、二階へ行く。

恵さんは、先にきて丸いカップに入ったチャイを飲んでいた。この寒いのに白いもこもこした素材のノースリーブに、黒いレザーのスリット入りスカートという格好だ。膝の上には、同じレザーのジャケットが置いてある。

「ごめんね。わざわざ呼び出して」

「いえ、いいです。ぼくもちょうど息抜きしたかったし」

ついでに食事をとろうと、ぼくはピラフと紅茶を注文した。恵さんはぼくが注文を終えるまで、黙って待っていた。

「どうしたんですか?」

いつになく無口な恵さんに尋ねる。力先生から例の話を聞いてから、一度も合田接骨院に行っていなかった。

自分の中で、あの話を受け止める時間が欲しかったのだ。

「歩のことなんだけど。また、食べていないみたいなの」

恵さんは目を伏せた。長いまつげが影を作る。

「本人は食べているって言い張るんだけど。一緒に食事に行こうともしないし、雰囲気が妙にぴりぴりしていて、顔色が悪くて。あれは絶対、また食べてへんのやわ」

「そうなんですか」

「絶対そう。本人は隠しているつもりなんやけど、わたしにはわかる。あの子が中学生くらいの頃から、何度も繰り返して見てきた症状やもの。最近はほとんどよくなってきていたのに」

なんて答えていいのかわからなかった。自分にはなにもできないことがもどかしかった。

「すみません」

「なんで謝るのよ」

「ぼくが、変なこと言って、彼女にショックを与えてしまったから、そんなことになったのかもしれない」

「変なことってなによ」

恵さんは怒りを含んだ視線をぼくに向けた。

「いや、歩ちゃんのことが好きだとか……」

「それって、変なことなの。雄大くんは軽い気持ちであの子にそう言ったわけ？」

「違いますよ。ぼくは真剣です」

あわてて否定する。ピラフと紅茶が運ばれてきて、会話は一時中断された。

店員が行ってしまってから、不機嫌に目をそらしている恵さんに言う。

「でも、やっぱり歩ちゃんはぼくになんか好かれてショックなのかもしれないし」

思いっきり靴を蹴っ飛ばされる。恵さんはぼくをにらみつけていた。

「あのね。どうでもいい男に告白されたくらいで治りかけていた病気が再発したりすると思う？　あほくさい。相手がどうでもいい男なら、茶飲み話のネタにして終わりやわ」

彼女は背もたれにもたれかかって、深く息をついた。模造紙に殴り書きされた、壁のメニューに目をやる。

「たぶん、あの子、わたしが思っていたよりも雄大くんのことが好きやったんやわ」

「でも、ぼく、面と向かって振られているんですよ」

「それは雄大くんがよけいなことを言ったからでしょう。黙ってりゃいいのに」

話は堂々巡りだ。頭を抱えたくなる。

「やっぱ、ぼくが悪いんですかね」

恵さんははっと我に返ったように、姿勢を正した。

「ごめん。雄大くんは、正直に言っただけやのに」

気まずさを隠すため、ピラフにスプーンを突っ込んで、ばくばくと口に運んだ。味も感じなかった。

恵さんはしばらく黙っていた。何度か、洟《はな》を啜《すす》り上げた。

半分くらい食べたあとで、スプーンを置く。

「ぼく、どうしたらいいと思いますか」

恵さんはまっすぐにぼくを見た。目の縁が赤く染まっていた。

「歩のそばにいてあげて」

ぼくは迷った。歩ちゃんのことが好きな気持ちに変わりはない。けれども、自分の気持ちを押しつけるようなまねだけはしたくない。

歩ちゃんにとって、なにが幸せなのか、ぼくにはまだつかめていない。

恵さんは続けた。

「もし、雄大くんがもう懲《こ》り懲《ご》りやって言うのならしょうがないけど。あの子がやっかいな子であることは確かやから。でも、そうやなくて、もし、雄大くんも臆病になっているだけなんやったら、あの子のことを考えてあげて」

考えている。だが、考えれば考えるほど、どうすればいいのかわからないのだ。

恵さんはまるで、なにかを吐き出してしまうように、早口で言った。

「わたしね。自分が本当に欲しいと思っているものに手を伸ばすのが、すごく怖い。なんだか、それには絶対自分はふさわしくない、と思ってしまう。頭から、そんなことは考えちゃいけない、と思ってしまうの。どうしてだろう」

「恵さん」

華奢《きゃしゃ》な肩がいっそう小さく見えて、ぼくはどうしようもない気持ちになる。

恵さんはもう一度洟を啜ると、笑顔を見せた。

「わたしらの考えがまったく一緒だとは思わない。でも、やっぱり、わたしと歩は似ているんやと思うわ」


「小松崎さん」

なんだか遠いところから呼ぶ声がする。んー、と生返事をした。

「小松崎さんってば」

どん、と肩を押されて飛び起きた。いつの間にか居眠りしてしまっていたらしい。見れば、坂下さんが机の横に立っていた。

「あ、ああ、どうしたの？」

最新号の絵はもらった。次の原稿はまだファックスしていない。

「お疲れですね」

寝ぼけ顔のぼくがおかしいのか、彼女はくすくすと笑う。ちょうど、隣りの沢口はまだ出社していなかったので、椅子を彼女にすすめた。

「いやもう、昨日からずっと帰ってへんのや。さすがにちょっと休まないと身が持たへんし」

居眠りのいいわけをしながら首を回す。血が濁《にご》っているみたいだ。

彼女は隣りの椅子に座って、形のいい脚を組んだ。

「あの、『タルト』の例のイラスト、決まったんです。さっきまでその打ち合わせをしていました」

例のイラスト、というのは里菜の言っていたものだろう。

「小松崎さんのおかげです。ありがとうございます」

「いや、言うてきたんは向こうのほうやから、ぼくは関係ないよ。でも、よかったやん」

彼女は頷いて、悪戯《いたずら》っぽい顔をした。

「こういうイラストの仕事だと、両親に報告できるからありがたいんですよ」

ああ、と言って笑った。さすがにエロマンガだと親には見せられないだろう。

「ご両親は知っているの？」

「ええ、一応。最初は怒られたけど、もうあきらめているんじゃないかな。田舎《いなか》の老人だから頭固いんです」

彼女はそう言うとふっと真剣な表情をした。

「変だと思います？　女なのにそういうの描くって」

「いや、今はもう男も女も関係あらへんやん。そんな旧時代的なことは思わへんよ。でも、なんか坂下さんってまじめそうな印象やん。だから、イメージと違ってびっくりしたけど」

「まじめですよ、わたし」

坂下さんはそう言いながら含み笑いをする。

「でも、まじめなのと性欲は関係ないですよ」

大胆なことを言われて、どきっとする。

沢口の机に肘をついて、彼女は遠い目をした。

「小学校のとき、公園で痴漢に悪戯されたんです」

彼女の口から飛び出したことばに、ぼくは狼狽《ろうばい》する。だが、彼女がただ、ぼくをからかおうとしてそんなことを言っているのではないことは伝わってきた。

「もちろん怖かったけど、不思議だった。自分の身体が、知らない人の性欲の対象になるなんて。ほかにもマンガやグラビアなんかでも、明らかに見られるためにだけ存在する女の人の身体があって、それと同じ身体を持っていることも、不思議だった。そうこうしているうちに、自分にも性欲があることがわかって、それも不思議で。それでそういうことをよく考えるようになったんです」

なんだか、どういう相づちを打っていいのかもわからず、ぼくは彼女の話を黙って聞いていた。

「ごめんなさい。変な話して。でも、小松崎さんってなんかフラットじゃないですか。なんとなく話したくて」

「いや、ええよ。なんかよくわかったわ」

笑顔を浮かべてから、尋ねる。

「ゲイを描くのは、やっぱりそれと関係あるん?」

「うーん」

彼女は首を傾《かし》げる。

「なんか説明しにくい。でも、一部の女の子はヘテロでもそういうのにときめく感性を持っていたりするんですよね。なんだろう。女としての性欲って、男が外部なんですよ。でも、両方男になると、どっちにも感情移入できる、というか、なんか関係性に欲情できるっていうか。すみません。わたしもまだよくわかんないです」

「ふうん、なんかややこしいなあ」

「でも、男性向けのエロ本とか、百合ものとか多いじゃないですか」

「あれは一度で二度おいしいっつーか、そういう感じ」

「あはは、なるほど。でも、そういうのもあるかも」

彼女は声をあげて笑った。ぼくははじめて、彼女の肌がとてもきれいなことに気がついた。

彼女は鞄を持って、立ち上がった。

「お邪魔しました。お仕事、あんまり根を詰めないようにしてくださいね」

彼女が立ち去ってから考えた。男は女のことなんか、なんにもわかっていない。

ぼくは未《いま》だにどうしていいのかわからない。恵さんの言ったことをなんども考えた。カ
先生の話を思い出した。

ぼくはなんにも彼女のことを理解していない。

何度も会って、ふたりでいろんなところに行ったのに、ぼくは自分の話ばかりしていた。ぼくに言えるのは、彼女とふたりでいるときの空気は、なんだか柔らかく静かで、その中で眠ってしまいたいほど優しかったということだけだ。

ぼくはなにひとつ彼女のことを理解していない。ぼくに彼女をしあわせにできるとは思えない。

堂々巡りの思考をうち切って、合田接骨院に行こう、と決心したときは、恵さんと会ってからゆうに数日が過ぎていた。

会ったからといって、歩ちゃんになにを言っていいのかわからなかった。面と向かって、もう会わない、と言われたのだ。それでも誘い続けるような図太い神経はない。でも、もし、また最初からやり直すように、彼女の警戒心を解いていけたら、というのがぼくの希望だった。

おんぼろエレベーターで最上階に上がり、暗い非常階段を昇って、屋上につく。屋上へのドアを開けた瞬間、足を止める。

屋上には力先生と歩ちゃんがいた。まるで、にらみ合うように向かい合わせに立っている。こっちに気づいた気配はない。

ふたりの間には割り込めないような鋭い空気が漂っていた。それに気づいたぼくは、音をたてずにドアを閉め、非常階段の後ろにまわった。

「なんで、食べてへんのや」

力先生の押し殺したような声が聞こえた。歩ちゃんが答える。

「だから、食べているって言ってるじゃないですか。どうして力先生はわたしを疑うんですか。信用してくれないんですか」

今まで聞いたことのないようなヒステリックな声だった。

「そういう問題ちゃうやろう」

力先生が呆れたように言う。

「おれにはわかる。おまえは食べてへん。それだけのことや」

「そんなに疑うんだったら、四六時中見張っていればいいじゃないですか。なんだったら、一緒に食事に行きますか？」

「そうしても、おまえ、食べたあとに吐くやろう。意味なんかない」

「ほっといてください！」

歩ちゃんの泣き叫ぶような声。感情が高ぶってうまくことばが継げないようだった。

「わたしと同じ身長で、わたしより痩《や》せている女の子なんかたくさんいるじゃないですか。多少食べなくたって死んだりしません」

「歩！」

先生の鋭い声が飛んだ。おそるおそるのぞくと、先生は歩ちゃんの手首をきつくつかんでいた。

「それに、たまには食べないほうが身体にいいって聞きました。身体の機能が強化されるって……」

「だから、食べない理由を見つけてくるのはやめろ！」

歩ちゃんの啜り泣く声が聞こえた。

「おまえのそれは、心の病気や。食べないんやなくて、食べられへんのや。何度も言ったやろう。だから、無理にでも食べないとあかん。食べへん理由を探したらあかんのや」

歩ちゃんは答えなかった。ただ、泣き続けていた。

まるで自分が責め立てられているように胸が痛くなる。

「ええか。逃げるな。食べないことで現実から目をそらそうとするな。おまえがやっていることは、ただの現実逃避や」

「ほっといてください」

歩ちゃんは、先生の手を振り払った。泣きながら、走り去り、非常階段の中に消えた。

先生は、白衣のポケットに手を入れて、彼女の走り去った方向を眺めていた。どうしようか迷う。歩ちゃんを追ったほうがいいのだろうか。

「小松崎！」

いきなり呼ばれてぎくりとする。ぼくはおそるおそる顔を出した。

「立ち聞きとはええ趣味やな」

どうやら先生にはしっかりばれていたらしい。

「ちゃいますよ。立ち聞きするつもりなんか、ありませんでしたよ。でも、あんな雰囲気の中出ていかれへんやないですか」

先生はため息をつくと、屋上の隅に歩いていった。フェンスにもたれて、下を見下ろす。

ぼくは先生のそばまで行った。

「歩ちゃん、悪いんですか？」

「ああ、ここ数年で最悪や。なんやもういやになるわ。助手ひとりまともに治されへんで、看板掲げてるなんて、詐欺《さぎ》みたいなもんやなあ」

「そんな」

「ああ、ひとりやのうて、ふたりやな。よけい悪いけど」

ぼくは先生の横に並んだ。この人でも弱気になるときがあるのだろうか。先生は急に大声を張り上げた。

「小松崎」

「なんですか」

「おまえ、降りてええぞ」

はっとする。先生はただ、遥か下の道路を見下ろしている。

「こないだ、おまえに言うたことは忘れてくれ。やっぱ、まだおまえにはあいつは荷が重いわ。もっと頑丈《がんじょう》な女見つけろ」

考える前に口が動いていた。

「いやです」

先生はこちらを向いた。軽く目を細める。

「そんなこと先生に言われる筋合いはありません。ぼくのことはぼくが決めます！」

先生はふっと息を吐いた。フェンスに額を押しつける。

「せやな」

ビルの間を風が渡っていく。ぼくはコートの前を合わせた。先生に尋ねる。

「ぼくが、悪かったんでしょうか」

「そうや。おまえが悪い」

即答である。思わず呻《うめ》く。

「あいつの精神状態を考えてやれば、よけいなこと言わずに、嘘ついていればよかったんや。そうしたら、こんなことにならずに済んだ」

「嘘なんかつきたくなかったんです」

「そんなんかって、おまえのエゴや。ありのままの自分を、全部そのまま受け入れるべきやと、あいつに押しつけたんや」

たしかにそうかもしれない。ぼくはやりきれなさに身震いする。

「でも、もしぼくが嘘をついて、それが彼女にばれたとき、彼女は傷つくんじゃないですか」

たしかにそこにエゴがなかったとは言いきれない。だが、口当たりのいい嘘で真実をくるむなんて、絶対いやだ。ぼくなら、知らないで傷つかずにいるよりも、知って傷つくほうがずっといい。

そう考えているのは間違いなのだろうか。

先生は静かに目を閉じていた。

「答えなんかないんかもな」

「もともと恋愛なんかよけいなもんやねん。生き物なんか、ただ適当な相手とくっついて、子孫を残していれば、それでええはずなんや。でも、なんでやろうな。それだけではおられへんようになってしもうたのは」

ぼくもフェンスをつかんで下を見下ろす。赤いコートの女性が、缶を転がしながら歩いていた。

「そんなもんに、答えなんかないんやろうなあ」

先生は歌うようにつぶやいた。

「要するに、恋愛って、心を無理に軋《きし》ませて寄り添うことなんやろうな」

心を軋ませて寄り添う。ぼくはそのことばを心の中で繰り返した。

「そうやって、心を軋ませても、そばにいたい、と思うことなんやろうなあ」

ぼくは頷いた。そう、心が軋んでつらい痛みを伴っても、ぼくは彼女のそばにいたいと思う。ただ、それだけのことだ。

「え？」

雪が降った。

電車を降りて、はじめて気づく。しゃりしゃりした質感の雪が、斜めに降って道路を濡らしていた。

どうりで寒いはずである。ぼくは身震いすると、駅から自宅までの道を急いだ。

傘を持っていなかったから、コートや髪が濡れた。荷物を胸に抱くようにして、ぼくは歩いた。

自分のアパートの前にきたとき、ぼくは足を止めた。

見覚えのある水色のダッフルコート。赤い傘を差して、立っている人影があった。

まさか、と思う。

ゆっくり近づいた。靴音で気づいたのか、その人は振り返った。

歩ちゃんだった。

思わず走り寄る。

「どうしたんだ、歩ちゃん」

寒い中立っていたせいか、頬が赤い。白い息を吐いて、彼女は傘の柄を握りしめた。

「あのね、小松崎さん」

消え入りそうな声。ぼくは、自分の手が自然に彼女の肩に触れているのに気づいた。彼女は逃げなかった。

「小松崎さん。ごめんね」

それだけ言って、声を詰まらせる。

「わたし、お姉ちゃんに嫉妬《しっと》してたの。お姉ちゃんにはどうやってもかなわないって思っていたから、それで……」

もう一度、ごめんなさい、と繰り返す。

ぼくは彼女の髪に触れた。本当は抱きしめたかったけど、壊してしまいそうでできなかった。

「わかった。わかったよ」

彼女の白くなった唇が震えた。涙が頬を伝った。

「小松崎さん、わたしね」

「いいよ、もう」

驚いたように顔を上げる。ぼくは笑った。

「無理に言わなくてもいいよ。もう、わかったから」

歩ちゃんは一拍置いて、それから笑った。頬が涙に濡れていたけど、ぼくの大好きな笑顔だった。

ぼくは自分の部屋を見上げた。

「寒かっただろ。部屋にくる？」

「ううん。今日はもう帰る。それだけ言いたかったの」

「じゃあ、駅まで送るよ」

ぼくたちは並んで駅まで歩いた。雪はいつの間にか、羽根のように軽く、柔らかくなっていた。彼女の傘や服の裾に、ふんわりと降りかかって一瞬で消えた。

彼女は途中で、ゆっくり手を伸ばして、ぼくの手を握った。

手袋越しに柔らかい掌《てのひら》の感触が伝わってくる。ぼくはぎゅっと握り返した。

こうして、自分から手を伸ばすことが、彼女にとって、どれだけ勇気のいることか、ぼくは知っている。

ほんの少しの距離。だが、その間に不安や怯えやいろんなものが渦巻いていたはずだ。

彼女はその間を駆け抜けてきた。ぼくのために。

今までぼくに触れたどんな手よりも、その手は柔らかくてあたたかかった。

第九章

早苗さんは、わたしがベッドに戻るのを手伝ってくれた。その後、充電していた携帯電話を持ってきてくれた。

まだ店にはだれも出勤していなかったので、留守番電話にぎっくり腰で休む、ということだけ録音しておく。

この年でぎっくり腰だなんて恥ずかしいが、嘘をついてもしょうがない。それに重い荷物を持ち上げることが多いせいか、同僚で同じ目に遭った人間も多い。

そばにだれかがいてくれる、というだけでさっきまでのパニック状態は嘘のように収まっていた。腰は相変わらず、少し動かしただけでも激痛が走るのだが。

早苗さんは自分の携帯でどこかに電話をかけはじめた。

「あ、あの、坂下です。おはようございます。力先生は……、あ、おはようございます。すみません。あの、マンションの隣りの子がぎっくり腰みたいなんです」

なんだろう。病院かなにかだろうか。わたしは耳を澄まして聞く。

「ええ、朝起きたら、急に腰が痛くなったらしいんです。はい？　ちょっと待ってください」

早苗さんは受話器から耳を離して、こっちを向いた。

「なにか原因に心当たりはある？　ゆうべ重いものをたくさん持ったとか」

「わからない。でも、店で本の入った段ボールを持ち上げることはよくあるから……」

早苗さんは頷くと、電話に向かってわたしの言ったことを繰り返した。

電話の向こうの人がなにか喋《しゃべ》っているらしく、早苗さんはそのあとはただ、相づちを打っている。

顔をあげていると、腰まで響くので、わたしはまたベッドに横になった。いったい、この痛みはいつまで続くのだろう。二、三日で治るといいのだけれど。

電話を切った早苗さんがベッドまでやってきた。かけていた布団《ふとん》を剝《は》がされる。

「知り合いの整体師に電話して聞いていたの。横向いて、足を曲げて安静にしてろって」

わたしは痛さのあまりうつぶせになっていた身体を言われたとおりに、横にする。たしかに、そうやって足を曲げると背骨が少し楽になった気がする。

「往診にきてくれるって言っていたから、しばらく待ってて」

どうやって病院に行こう、と考えていたから、それを聞いてほっとする。

「ありがとう。助かったわ」

早苗さんはにこりともせず、わたしを下目づかいに見た。

「ま、困ったときはお互い様やからね。実家に電話する?」

わたしは首を横に振る。無駄な心配をかけたくない。

「その整体師さんに診《み》てもらって、それから決めるわ」

「そ。煙草吸っていい?」

わたしは頷いた。決して煙草は好きではないが、今の状況ではいてくれるだけで助かるのだ。煙草ぐらいは我慢する。

そのあとも、早苗さんはトイレに行くのを手伝ってくれたり、紅茶を作って飲ませてくれたりした。

三十分近く経っただろうか。インターフォンが鳴った。何本目かの煙草をふかしていた早苗さんがオートロックを解除した。

「おう、邪魔するで」

低い男性の声が響いた。顔だけをあげて玄関のほうをうかがうと、白衣を着た華奢な男性が立っている。三十代半ばくらいだろうか。整体師と言うと、柔道をやっているような体格のいい人を想像していたのだが、白衣の袖からのぞく腕など、折れそうなほど細い。

日に焼けた皮膚と短く刈り込んだ髪、どこか修行僧を思わせるようなイメージの男性だった。

男性はずかずかと部屋に入ってくるとベッドの横に立ってわたしを見下ろした。

「きみか。ぎっくり腰言うのは」

「そうです。朝起きて、目覚ましに手を伸ばしたらいきなり……」

「ふうむ」

彼はベッドの脇にしゃがむと、わたしの腰の下に手を入れた。

「ちょっと動かすで」

そう言われると同時にうつぶせにされる。ゆっくりとパジャマの上からわたしの背骨を探っている。

あまりに長い時間彼が黙っているので不安になる。

「あの、やっぱりぎっくり腰ですよね」

彼は肯定とも否定ともつかぬようすで、鼻を鳴らした。

「ぎっくり腰というか、なんというかなあ。まあ、急性腰痛を全部ぎっくり腰っつうなら、ぎっくり腰ということやけど」

答えになっていない。わたしは不審な目で男性を見た。この人本当に大丈夫なのだろうか。早苗さんのほうに目をやるが、彼女はキッチンの壁にもたれたまま、ぼんやりしているだけだ。

「自分、運動とかはやっていたか？」

「いえ、特にはやっていません」

「こういうのははじめてなんやな？」

「はい」

男性は頷くと、いきなりベッドの上にあがってきた。

「力抜いていろ」

腰のあたりに触れられて激痛が走る。思わず声が出た。

「つっ」

手がすっと離れた。

「痛いか？」

「痛いです」

手が別のところを押さえる。

「ここは？」

「そこも痛いです」

「ふうん」

男性は、もう一度鼻を鳴らした。急に首の後ろ、背骨のはじまるあたりを両手で押さえられた。ほとんど力は掛かっていなかった。押さえると言うより、あたためるような仕草だった。

骨張った固い掌なのに、まるで皮膚に吸いついてくるように優しくあたたかい。冷えたように強ばっていた背骨の中心が少しずつ、緩んでくるような気がした。

知らないうちにパジャマが汗ばんでくる。だが、不快な汗ではなかった。まるで身体の中からいやなものが出ていくようだ。

手が離れた。もう一度、腰を押さえられる。不思議なことに、痛みは半減していた。しばらく背中の中心から腰を指や掌で押さえられたあと、男性の手は頭に移動する。頭のてっぺんをきつく押さえて、そのあと後頭部に向かって降りてくる。

何度もそれを繰り返されていると、次第に眠気のようなものが身体を這いのぼってくるのに気づく。

不思議だった。他人に身体を触らせているのに眠たくなるだなんて、はじめてのことだ。

そのあと、肘を使って背中をぐいぐいと押される。考えただけで痛くなりそうなのに、なぜか先生の肘は痛みのポイントをうまく避けていた。

それが終わると、こんどは掌を腰にあて、体重をかけてゆっくり押された。重苦しいような痛みはあるが、耐えられないほどではない。

いきなり、先生が言った。

「自分、ずいぶん臆病やな」

急に投げかけられたことばに、わたしは戸惑う。臆病。わたしは臆病なのだろうか。そんなことは考えたこともなかった。

先生の手はまだわたしの腰を押さえている。呼吸に合わせるように力を入れたり、抜いたりを繰り返す。

臆病。そのことばは静かにわたしの中に染み通っていた。たしかにそうかもしれない。馬鹿にされながらも優等生のいい子ちゃんを続けているのも、ただ、臆病だからなのかもしれない。少なくともわたしには、早苗さんのようにマンガを描いたり、礼子さんのように水商売を仕事にするような勇気はない。

また、急に声が降ってくる。

「誤解すんなや。臆病なこと自体は決して悪いことやないで。少なくとも、自分、臆病でいたおかげで、今までそれほど傷つかんですんだやろ」

わたしはぼんやりとそのことばを聞く。

「自分の身を守るために、臆病でおるのは悪いことやない。それはただ、そういう生き方や。平凡で、なだらかなな。だが、悪いのは、臆病でおれば、だれかが守ってくれる、と思いこむことや」

臆病でいれば、だれかが守ってくれる。

「そんなこと思っていません！」

思わず、叫んでいた。自分でも信じられないくらいヒステリックな声だった。

「ほら、また、背骨が固くなった」

先生はわたしの背中から手を離した。

「深呼吸しろ。深く」

わたしは言われたとおり、深く息を吐く。何度か呼吸をするうちに、身体の強ばりが溶けていく気配がする。

先生はまた、わたしの腰を押しはじめた。

「臆病であろうが、無鉄砲であろうが、世界が守ってくれることは絶対ないんや。他人も少しは守ってくれるかもしれんが、結局大したことはでけへん。でもな、それに気づいてへんやつがたまにいるんや。臆病でいれば、世界が守ってくれる。なんかそういう幻想に囚《とら》われている人間がたまにおるんや」

わたしの頭の中が警報を鳴らす。これ以上聞いてはいけない。そんな気がした。だが、先生の指先はそんな警戒心さえ、簡単にほどいていく。

「そういう人間が、あるとき世界が守ってくれへんことに気づいたら、どうなるかわかるか？　パニックを起こすんや。世界が自分を守ってくれへんことを裏切りやと思うんや」

この人の言うことはなにもわからない。でも、なぜこんなに悲しくなるのだろう。

先生はわたしの腰から手を離すと、ぽつり、と言った。

「泣きたかったら、泣いてもええで」

とたんにわたしの目から涙が溢《あふ》れ出す。声は出なかったから、早苗さんにはわたしが泣いていることはわからないだろう。ただ、顔の下の枕が少し濡れただけだ。

「なあ。おれが思うに、そういう幻想に囚われている女というのは、罠《わな》にかかっているんや。世界に守られたい女や、女を自分の檻《おり》の中に閉じこめていたい男というのが、この世にはいて、そいつらが作った価値観や物語があちこちに罠みたいにあるんや。それが罠やと気づいて、するりと抜けられる女も多いけど、たまに、それに捕まってしまって、それが罠やということさえ気づかずに、そこで立ち往生する女もたくさんいる。罠や、ということさえ、気づいたら、あとは大丈夫なんや。わかるか？」

反射的に答えた。

「わかりません」

なぜか、先生はくすりと笑った。

「わからんでええ。でも、たぶん、自分、半分くらいわかってるで。わかっているから、こんなにストレスを感じているんちゃうか」

先生の手がわたしの脚をぐっと折り曲げた。右と左の膝を重ね合わせるようにする。

「とりあえず、言うとく。自分の生き方は別に間違ってへんで。臆病なこと自体は、別に悪いことやない。臆病なおかげで、自分、今まで、妙な男に騙《だま》されたり、変なことに首突っ込んでえらいめに遭ったりしてへんやろ。だから安心せえ。なんにも怖がることはない。ただ、ちょっと視界さえ広くなればそれでええんや」

わたしはぼんやりと彼の話を聞き続ける。わたし自身が否定されたのではない。そう思うと少しだけ混乱した頭が落ちついてくる。

「さ、座って」

言われたとおり、座ってからわたしは驚く。さっきまで体を動かすのも苦痛だったのに。今は腰に重いわだかまりのようなものが少し残っているだけだ。

先生はわたしの腕を交叉《こうさ》させて持ち、後ろから膝で背骨を押す。かすかに背骨が動く気配がし、まるで身体の筋が一本まともに通ったような爽快感がやってきた。

「はい。終わりや」

わたしは夢から覚めたような気分で、ベッドに座りこんでいた。なにを言っていいのかわからなかった。

「へええ、そんなことがあったんやあ」

礼子さんは豆菓子をつまみながら、のんきな口調で言う。

わたしと早苗さんは、礼子さんの部屋で、お茶を飲んでいた。

力先生の施術が終わると、わたしは立って歩けるようになっていた。まだ、完全に痛みが引いたわけではないが、動かすだけで激痛が走って立てなかったことを思えば、びっくりするほど回復したようなものだ。

先生からは中腰の姿勢を避けることと、脚を組んだり、横座りをしないように、という注意を受けた。接骨院の場所を教えてもらい、今週中にもう一度行くことを約束させられた。

　正直な話、力先生の喋った内容はよくわからないものだったし、しかもとても不快だった。心のどこかで、もうこの人には会いたくない、と言う声がした。

　だが、腰の痛みが引いた、という圧倒的な事実が、その心の声をねじ伏せていた。また、あのような痛みを味わうのはまっぴらだ。

「でも、早苗が気がついてよかったやない。わたし、全然気がつかへんかったわ。明け方に帰ってきて、ぐーぐー寝ていたもん」

　礼子さんのことばに頷く。

「ええ、本当に助かりました。早苗さん、どうもありがとう」

　早苗さんは大袈裟《おおげさ》に両手を振った。

「やめてよ。あんな声上げられたら、だれでも気づくわよ。今回ばかりは、マンションの壁の薄さに感謝ってとこやね」

　思わず笑う。早苗さんは、わたしが力先生に言われたことを聞いていたはずなのに、そのことについてはなにも言わなかった。わたしはそれを、ありがたく思う。

「でも、原因はなんやったん？」

　礼子さんがポットから急須にお湯を足しながら尋ねる。

「うーん。よくわからないです。いろいろ複合的な理由があるらしくて。普段の姿勢とか、そういうのが関係するみたいです。先生はストレスも大きいって言っていたけど」

早苗さんは眉をひそめた。

「ストレスと言えば、例のストーカーはどうなったの？」

わたしはおそるおそる、ゆうべ入っていた紙の話をした。

「やましいことがないのなら、なぜ隠すの？」と書かれた一枚の紙。

「なに、それ！」

早苗さんが怒りを声に表わす。礼子さんも不快そうに顔をしかめた。

「うわあ。気持ち悪い。確信犯なの」

「でしょうねえ。単なる悪戯とは思えないわよ。いやがらせにしてもタチが悪い。そりゃ、ストレスたまるわ」

ストレスの元はそれだけではない。職場でのトラブルだってある。まあ、もともとは、このふたりにもストレスを感じていなくはなかったのだが。

そう思って少し苦笑する。少なくとも今は、ふたりに話せることでストレスは軽減しているだろう。

「でも、そんな女の敵、懲《こ》らしめてやりたいわよねえ」

こたつに肘をついて礼子さんがつぶやく。早苗さんが、そうだ、と声をあげた。

「わたしが仕事している雑誌で、ストーカーの記事、よく扱っているんだけど、記者の人に相談してみない？　もしかしたら、いいアドバイスくれるかも」

思いもかけぬ提案にわたしは戸惑う。礼子さんが口を尖らせた。

「ええっ、早苗が仕事しているっていったら、あのゴシップ雑誌やん。梨花子さんが実名で書かれた上に、さらしものになったりせえへんの？」

「ううん。そんなことないと思うよ。その人、ええ人やもん。押しもそんなに強くないし、無理に実名出したり、絶対せえへんと思うよ」

そんなことを言われても、やはり抵抗があるのはたしかだ。

「ありがとう。でも、少し考えてみます」

わたしがそう言うと、早苗さんはそれ以上なにも言わなかった。

いきなり鍵の開く音がした。わたしたちは顔を見合わせる。

玄関が開いて、入ってきたのは亮治さんだった。

「うー、寒い寒い」

黒いコートの背中を丸めるようにして、靴を脱ぐ。礼子さんが立ち上がって駆け寄る。

「もう！　亮治。いないときは合い鍵使ってもええけど、いるときは、ちゃんとチャイム押して入ってきてよ」

「ええやん。堅いこと言うなよ」

一瞬、亮治さんと目があった。緊張に顔が強ばるが、彼は顔色も変えずに、すっと目をそらしただけだった。このあいだのことを怒っているのかもしれない。

「どうしたん。みなさんお揃《そろ》いで」

「ん、お茶飲んでただけ。そろそろ失礼するわ」

早苗さんのことばにかぶせるように礼子さんが言う。

「梨花子さんが、ストーカーに遭っているのよ。その相談」

「ストーカー？」

亮治さんの目が丸くなった。

「嘘、それは災難やなあ」

こたつの空いているところに足を入れながら、亮治さんはわたしに言った。礼子さんは彼のコートを壁に掛けている。

「で、どんな目に遭ったん。あとつけられたりしたんか？」

わたしは首を横に振る。

「そこまではないですけど。郵便物を見られたり、なんか変な手紙が入っていたり……」

「心当たりとかあるんか？」

「わからないです」

帰りの電車で水科くんを見たことを思い出す。けれども、あの一枚の紙。彼ならあんなことは書かないような気がした。

亮治さんは湯飲みを片手で持ちながら、礼子さんに言った。

「おれでよかったら、待ち伏せして、とっつかまえてやってもええで」

「あ、それがいいんじゃない。ねえ、梨花子さん、亮治に頼んだら。腕っ節だけは強いからさ」

「ええ、でも……」

ことばを濁す。そんなことを頼んでいいのかどうかわからない。

「おれ、思うけど、ここの管理人なんかも危ない感じじゃないか。ああいうタイプ、そういうことしそうやで」

早苗さんが、ふん、と鼻で笑った。

「あいつにそんな度胸はないわよ」

相変わらず、ずいぶんな言われようだ。

礼子さんが苦笑しつつフォローを入れる。

「でも、わたし、あの人そんなに嫌いやないよ。亮治のことも見逃してくれているし。まあ、ええ意味でも悪い意味でも、マイペースな人やと思うけど」

「マイペースって言えば聞こえはいいけど、頑固で変わり者なのよ」

自分だって頑固で変わり者のくせに、早苗さんはそんなことを言っている。

よく考えれば早苗さんと黒沢さんは少し似ているかもしれない。どちらも自分が好きなものを隠そうとはせず、他人の目など気にしないところが。

ふと、礼子さんが亮治さんの腕をつかんだ。袖をまくって、時計を見る。

「あれ、どうしたの？　この時計ブルガリやん」

亮治さんはそのきらきらした時計をこちらに向けて見せた。

「客にもらったの」

「うわ、すごおい」

礼子さんは時計を覗きこむようにして眺めている。

「ま、しばらくつけたら、いつものリサイクルショップに売り飛ばすわ。あんまりこれ、趣味ちゃうねん」

自慢げに言う。なんとなくいやな気がした。思わず、口が動く。

「でも、それくれた人、亮治さんのことが好きなんじゃないんですか？」

亮治さんはきょとんとした顔で、わたしを見た。そんな顔をすると、彼が妙に幼く見えることに気づいた。いったい、この人はいくつくらいなんだろう。

亮治さんは声をあげて笑った。さも、おかしそうに。

「なんや、えらいロマンティックなお嬢ちゃんやなあ。ええか、ホストクラブに遊びにくるような女はなあ、結局男のことをモノとしか見てへんのや。だから、こんな高価なものを与えて、気を引こうとするんや。ただ、それだけのことや」

彼は笑うのをやめた。そうして、吐き捨てるように言う。

「なあ、モノとしか見られてへん、男の気持ちが分かるか。虫酸《むしず》が走るんや。おれは自分の店にくるような女は死ぬほど嫌いや」


「なんや、久住さん、腰やったんやて?」

深場ブロック長は店に入ってくると同時に、わたしに言った。

「あ、はい。でも、いい先生に診てもらったので、もう大丈夫です」

「そうか。聞いたとき心配したで」

そうして、ほかの店員には聞こえないような声で、わたしに囁く。

「ちょっと話があるんや。今日、早番やろう。終わったあと、おれの携帯に連絡くれへんか」

なんの用だろう、不思議に思いつつ頷いた。たしか深場さんの携帯の番号は前に聞いていた。

深場さんが奥に消えたあと、わたしは憂鬱《ゆううつ》な気持ちでレジに立っていた。

また、なにか店のことを話さなければならないのだろうか。伊坂店長はまた機嫌が悪くなるだろうし、話すのを拒めば、今度は深場さんが不快に思うだろう。

ため息が出る。なぜ、あのふたりの確執にわたしがまきこまれなければならないのだろう。

六時に店を出て、深場さんに電話する。待ち合わせ場所には近くの交差点を指定された。

寒空の下、マフラーをきつく巻いて、深場さんを待つ。いきなりクラクションを鳴らされて驚いた。深場さんが車でやってくるとは思わなかった。

「乗って！」

そう言われて、あわてて助手席に乗りこむ。信号はすぐに青に変わった。

「家、豊津だったよね。送るからそのあいだに話をしよう」

「あ、すみません」

わたしはおそるおそる尋ねた。

「あの、どうかしたんですか？」

深場さんは正面を向いたまま、大きく頷いた。

「伊坂くんに、なにか言われたか？」

はっとする。どう返事していいのかわからず、下を向いた。それだけで彼には伝わったらしい。

「やっぱりそうか。久住さんの名前は出さなかったんやが……」

たとえ名前は出さなくても、この店で深場さんと仲がいいのはわたしだけだ。だいたいの見当はつくだろう。

「すまなかったな。ひどいこと言われたか？」

優しい言葉をかけられて、わたしの中で堰《せき》を切ったようになにかが溢れ出した。

思わず口を押さえたが、啜り泣きが洩れた。

深場さんは驚いたようにこちらを見たが、すぐ視線を正面に戻した。

「怒られたのか？」

首を横に振るが声が出ない。落ちつかなければ、と思えば思うほど涙が次から次へと溢れてくるようだった。

ふと、車が止まった。顔を上げると、深場さんは車を車道の脇に寄せていた。

大きな手でがしがしと頭を撫でられた。子どもの頃、父にそんなふうにされた記憶が蘇《よみがえ》る。

肩をゆっくりやさしく叩かれた。その規則正しいリズムに身を任せながら、わたしは涙を拭った。気持ちが静かに落ちついてくる。

降りてきた彼の手は、いきなりわたしの手を握った。一瞬驚いた。でも、動かずにいると、深場さんの手はすぐに離れた。

そのまま車を出発させる。

ようやく口を開く。

「ごめんなさい。泣いたりして」

「いや、ええんや」

彼はそう言うと、そのあとは黙ったまま車を走らせた。

車がわたしの帰り道をそれていることに気づいたのは、それからしばらくあとだった。いったいどこへ向かっているのだろう。不思議に思うが口に出せなかった。変なふうに疑っている、そういうふうに思われることが怖かった。

だが、車はどんどん細い路地へ入っていく。鮮やかな赤いネオンと「ご休憩」と書かれた文字が目に入って、わたしは身体を硬くした。

「あ、あの、どこへ行くんですか」

沈黙に耐えきれなくて尋ねる。

彼はなんでもなさそうに大声で笑った。

「いや、思ったよりもひどいことになっているみたいだから、静かなところでゆっくり話をしようと思ってね。ただ、それだけや。緊張せんといて」

声は明るかったが、暗い車内でも目が笑っていないことはわかった。

怖い、と思った。

車はゆっくりと曲がって、一軒の建物に入っていく。ほかの建物ほど派手ではなかったが、あきらかにそこは喫茶店やレストランではなかった。

車は吸い込まれるように地下の駐車場に入った。

「あ、あの、わたし、帰りたいんですけど」

「大丈夫、大丈夫、そんな時間はかからへん」

いきなり手を握られる。汗ばんだ、熱い手だった。わたしは息を詰めた。

たしかに憧れてはいた。でも、この人には奥さんも子どももいるのだ。現にバックミラーにぶら下がっているマスコットは、可愛らしい人形だ。

握られた手を引き抜こうとすると、それ以上の力で引き寄せられた。深場さんの顔が真正面にくる。

怖い顔だった。

抵抗することなど許されない、というような表情。そう、この人はわたしの上司なのだ。逆らったらわたしも尾口さんのように。そう思うと全身の力が抜けた。

わたしが力を抜くと、彼は笑った。目だけがぎらぎらしていた。

彼は運転席から下りると助手席側のドアを開けた。わたしの手をつかんで車から降ろす。まるで思考が停止してしまったかのようになにも考えられなかった。

彼は、そのまままっすぐ進んでエレベーターの前に立った。顔には笑顔が貼り付いたように浮かんでいた。

まるで、肉食獣に睨まれたウサギかなにかのようだ、と、心の中でもうひとりのわたしが嗤《わら》う。

そう、力先生が言ったようにわたしは臆病だった。今、ここで手を振り払うことさえできない。

臆病。

そのことばがいきなりわたしの心を縦に切り裂いた。

わたしはなんのために臆病でいたのだろう。自分を守るためではなかったのか。

じゃあ、なぜ、こんな男に手を握られたまま、こんなところに連れ込まれようとしているのだろう。

セカイニマモラレルタメ。

電流のようにそのことばがわたしの中を駆けめぐる。わたしは今、はじめてその意味を理解した。

父が守ってくれると思っていた。この人が守ってくれると思っていた。それだけじゃない、もっと大きなものが。

わたしを守ってくれると思っていた。

いい子でさえいれば。汚《けが》れてさえいなければ。幼くさえあれば。従順でさえあれば。

思わず、わたしは手を、引き抜いた。

そのまま深場さんの頰をひっぱたいた。ふいをつかれたのか、深場さんの身体は壁際までふっとんだ。

わたしは出口に向かって、駆け出した。

そう、だれもわたしを守ってはくれない。自分を守るのは、自分だけなのだ。

第十章

ぼくはもう何度目かわからないため息をついた。パソコンの画面は相変わらず真っ白だ。

ネタがないのだ。このあいだ編集長に言われたストーカーシリーズのラストを飾る大ネタ。

ぎりぎりと歯ぎしりをした。だいたい編集長も無茶を言う。なにかネタの尻尾《しっぽ》でもつかんでいるのならともかく、帽子から鳩を出すごとく、そう簡単にネタなど湧いてこないのだ。

「小松崎ー。電話やぞー」

気の重いまま、電話に出た。

「ふわい、お電話替わりました」

電話の向こうで坂下さんがくすくす笑う声がした。

「小松崎さん、ずいぶんお疲れですね」

「そうなんや。もう、逃げ出したいわ。なんかええ転職先ないかなあ」

自分でも情けなくなるようなことを言いながら、ぼくは椅子の背もたれから身体を起こした。

「で、どうしたん？」

「小松崎さん、以前ストーカーに遭った女性を探しているって言ってませんでした？」

「あ、ああ、今も探しているけど」

「実は、わたしの隣りに住んでいる女性が、ちょっと今ストーカーっぽい人につけねらわれているらしいんですよ」

思わず、前に身体を乗り出す。

「そ、それで？」

「なんか郵便物を見られたり、変な手紙が入っていたりする程度なんですが、ちょっと相談に乗ってもらえないかな、と思って連絡したんです」

求めよ。さらば、与えられん。ぼくは大きく息を吐くと、明るい声を出した。

「もちろんや。いつでもええよ」

「で、あの、その子の実名とかは出ないですよね」

「ああ、今までも全部仮名で書いているし、ばれへんように、細かいシチュエーションとかも変えているし、大丈夫や。約束するわ」

「そうですか。よかった」

ぼくは彼女と夕方に会う約束をして、電話を切った。聞いた限りではそれほど大きな被害ではなさそうだが、現在進行形というのがなかなかいい。大ネタとまではいかないが、切り口次第でおもしろい記事が書けるかもしれない。

「撃退編、というのもええかもしれへんな」

売文屋のさもしい根性が頭をもたげてくるが、これも性分だ。もし、撃退できれば、その被害者の子も助かるわけだし。

ぼくはぐーっと伸びをした。頭をすっきりさせるために、例の場所にでも顔を出そうか。


「あら、雄大くん、いらっしゃい」

プレハブの引き戸を開けると恵さんの声が飛んでくる。

「こんにちは」

軽く頭を下げる。ふと、洗濯の済んだタオルを畳んでいる歩ちゃんと目があった。彼女はなにも言わず、はにかんだように笑った。

カーテンのほうからなにやらぼそぼそという声が聞こえてくるところを見ると、どうやら力先生は施術中らしい。しかも珍しいことに、待合室には青年がひとり待っている。前髪の長い、瘦せて暗そうな男だった。色褪《あ》せた大きめのジーンズのポケットに手を突っ込みながら、所在なげに待っている。

「もしかしたら、時間かかるかも。どうする。出直してくる？」

恵さんに言われて首を振る。

「ついでだから、待ってますよ」

その男の横に腰を下ろす。彼は面倒くさそうに、場所を少し空けた。

そこに、カーテンが開いて、中から施術を受け終わったらしい老人が出てきた。あとから出てきた力先生に向かって、何度もお辞儀をする。

「じゃ、お大事に」

老人にそう言うと力先生は、ちらっとぼくを見たあと、隣りの青年に視線を移した。

「初診？」

恵さんにそう確認する。青年はひょこっと頭のてっぺんだけ下げるようなぞんざいな挨拶をした。

「ええ、黒沢さんです。肩凝りがひどいんですって。これが問診票」

問診票をさっと斜めに見てから、力先生は顎をしゃくって、その青年を促《うなが》した。

「奥」

青年は少しむっとしたような顔で、言われたとおり奥に入っていく。ぞんざいさではいい勝負である。

「歩、小松崎に電気あてでやって」

「あ、はい」

ぼくは言われるままに、手前のカーテンの中に入り上半身を脱いだ。歩ちゃんがやってきて、電気治療器の準備をする。

ベッドの上にうつぶせになる。顔を横にした瞬間、彼女と目があった。

ふたりとも笑う。

まだ、この空気は少し気恥ずかしくて慣れない。けれど、それは間違いなく甘くて、心地いい空気だった。

「じゃ、しばらくじっとしていてくださいね」

背中に治療器を当てると、歩ちゃんはそう言ってカーテンから出ていった。

ぴりぴりと背中を走る刺激に身をまかせ、うとうとしはじめた頃だった。いきなり、なにかが倒れる音がプレハブ内に響いた。

思わず飛び起きてカーテンを開けた。

「アホか！　ええかげんにせえ！」

力先生の罵声《ばせい》が飛ぶ。

「こんなとこ、二度とくるか！」

大声と共に、服の前ボタンを留めながら、さっきの黒沢という男が出てきた。

「ああ、二度とこんでええ。おれもおまえみたいな奴わざわざ治したる義理もない」

白衣を腕まくりした力先生が、あとから出てくる。

「治療費は払わんぞ」

「ああ、いらん。ビタ一文いらんから、はよ出て行け！」

見れば、歩ちゃんと恵さんは受付の隅《すみ》に避難して、心配そうにふたりを眺めている。

男は靴をはくと、吐き捨てるように言った。

「この、藪《やぶ》整体師！」

力一杯引き戸が閉められる。鋭い音が響いて、ぼくは身体をすくめた。

「恵！　塩撒《ま》け、塩！」

「もう、大人げないですよ。力先生」

恵さんが口を尖らせて、先生の前に立ちはだかった。

「うるさい。ほっとけ」

先生は相変わらずおかんむりで、荒い息をつきながら待合室の椅子に、どっかと腰を下ろした。

「あ、あの、どうかしたんですか?」

おそるおそる訊くと、歩ちゃんがにこやかに答える。

「あ、気にしないでください。よくあることだから」

改めて、力先生の変人具合に呆れる。

先生は大きくため息をついて、首を上下左右に動かした。

「たまにああいう奴がおるんや。なんでかわからんけど、頭から『効くわけがない』と思いこみながらくるんや。身体も心もがちがちに固まってしまってる。そんなもん、気を整えようとしても、ちっとも反応せえへん。はじめから、効かへんことを確かめにくるんや。そんな奴の相手をしても、時間の無駄なだけや。ああ、気分悪い!」

早口で言って、ぷい、と横を向く。

思わずつぶやいた。

「ふうん、力先生の整体が効かへんこともあるんや」

「なんやと？」

「いえ、なんでもないです」

あわてて作り笑いをする。しかし、しっかり聞こえていたらしい。先生はばりばりと後頭部を掻《か》きながら言った。

「おれにできるのは、治りたがっている身体を手伝うことだけや。あんなふうに、頭からこっちのことを否定してかかる奴のことなんか、なんともできるか。アホらしい」

目を閉じて腕を組む。

「ま。あいつの人生やから、おれには関係ないけどな」

そう言いきると、先生は立ち上がって、ぼくの寝ているベッドのほうにきた。ぼくの背中の電気治療器を外しながら言う。

「ま、人間、一本筋は通しつつ、柔軟なんがいちばんええで」

いちばん小さな会議室を使うことにした。編集部の騒がしい応接コーナーだと、落ちつかないだろうし、だからといって喫茶店などでは話しにくいことも多いだろう。

時間より早くやってきた坂下さんと、その友だちを会議室に連れていく。

「久住梨花子です」

消え入りそうな声でそう言った彼女は、色白で小柄な大人しそうな女性だった。美人という感じではないが、清楚な雰囲気が好ましい。

白いコートを裏返しに畳んで、丁寧にお辞儀をする。ぼくは坂下さんと彼女に椅子を勧め、階下の喫茶店からコーヒーの出前を取った。

コーヒーが届くと、ぼくはノートを広げて彼女の話を聞く準備をした。

「それで、具体的にはどんな被害に遭ったの？」

彼女は伏せていた視線をまっすぐ上げた。なにか決意するようにゆっくり話しはじめる。

「被害っていっても、具体的なところは郵便物だけです。郵便物がこっそり開けられたり、見られたりしていただけなんです。でも、数字錠をつけても外されました。数字錠の番号を、わかりにくいものに変えたら、今度はこんなものが入っていたんです」

彼女は一枚の紙をぼくに向かって差し出した。

「やましいことがないのなら、なぜ隠すの？」

そこには黒いサインペンのようなもので、そう書かれていた。ぼくは眉をひそめた。たしかに大きな被害があるわけではない。だが、この犯人の持つ、はっきりとした意志が伝わってくるようだった。

サインペンの文字は黒々とはっきり書かれていた。まるで、筆跡を隠す必要など感じていないかのように。

ボールペンで顎をつつきながら、ぼくは言った。

「まるで、この犯人は、きみを見張る権利がある、と思っているみたいだね」

彼女は大きく頷いた。

「そうです。だから、わたし、これを許せないと思うんです」

ただの悪戯やいやがらせとは違う。たしかにこれはストーカーの振る舞いだった。相手の女性に対して、自分が生活を監視したり、つきまとったりする権利があるように勘違いする。恋愛感情というよりも、形ばかりの歪《ゆが》んだ正義感のようなものを振り回す。そうして、それがだんだんエスカレートしていくのだ。

「相手に心当たりがある？　きみが振った男性とか、以前つきあっていた人とか」

彼女は少し考えこんだ。

「あの、その人だと思っているわけじゃないんですけど、振ったような形になった人ならふたりほどいます。確信もないのに疑うつもりはないんですが」

「いいよ。でも、参考までに話してみて」

彼女は戸惑いながら話した。ふたりとも職場の関係者らしい。ひとりは後輩の男性で、実家の近くや帰りの電車でも見かけたことがあるらしい。もうひとりは上司で、セクハラまがいのことを受けたことがあるらしかった。

彼女はできるだけ冷静に、客観的になろうとしながら話しているように見えた。こういう取材の場合、頭に血が上るのか、自分の思いこみだけを吐き出すように喋る人がほとんどだ。彼女のようなタイプの女性はありがたかった。

久住さんは、少し不安げな視線をぼくに向けた。

「あの……、もしかしてその人たちに迷惑がかかることはないですよね。その人たちがもし、ストーカーじゃなかったときに」

彼女の不安を取り除くために笑ってやる。

「大丈夫だよ。記事にする場合も、きみのことだとわからないようにしてやる。もちろん、その職場の人たちに迷惑のかかることはないよ」

彼女は小さな声で、よかった、とつぶやいた。

ぼくはこつこつと、ボールペンでノートを叩いた。

「で、きみはどうしたいんや。警察に言う？」

彼女はまっすぐにぼくを見た。

「警察ってこれくらいで動いてくれますか?」

「無理だろうね」

「でも、わたし、黙ってこのままにしておくなんていやなんです。郵便受けに鍵をかける、とか、そういう消極的な対策をとっても、結局、こんなことをする人に対してはなんにも働きかけていないじゃないですか。もし、この人が郵便物を覗く以外の手で、わたしのことを監視しようとしたら、どうしようもないじゃないですか」

「たしかに郵便物が見られなくなったら、もっと行動がエスカレートする可能性もあるからね」

彼女は少し怯えたように目を見開いた。

「どうしたらいいと思いますか。わたし、自分の身は自分で守りたいと思っています」

ぼくは思い切って言った。

「撃退してみる? 協力するけど」

彼女は自分の膝小僧をぎゅっとつかんだ。なんどか瞬《まばた》きしたあと、こっくりと頷いた。

机の上に放り出している携帯が何度か鳴った。ちんたらとチェックしていた原稿から顔を上げて、電話に出る。

　こっちがなにか言う前に向こうから罵声が飛んできた。

「まだ、起きているんか。夜更かしは陰の気が強くなるぞ」

　そのわけのわからん言いぐさは間違いなく力先生。ぼくは深くため息をつきながら答えた。

「ぼくだって、好きでこんな時間まで起きているわけじゃないですよ。まだ、社なんです。これからタクシー拾って帰ります」

　時計は深夜の一時半を指している。とっくにもう終電はない。

　電話の向こうで、力先生が鼻を鳴らした。

「家まで送ってやろうか。おれもこれから帰るんや」

　なんのことはない。自分だってまだ起きているのではないか。そう言うと、勝手な言いぐさが返ってくる。

「ちょっとよんどころない事情があったんや。それに、おれは普段から気をつけているからな」

「はいはい。どうせぼくは普段から不摂生ですよ」

「まあ、そう拗《す》ねるな。じゃあ、おまえの会社の裏口で待っているわ」

そう言って、電話は切れた。ぼくは残りを明日にまわすことにして、机のまわりを片づけはじめた。

まだ、残っている社員に「お先」と声をかけて席を立つ。

通用口から出ると、ちょうど力先生が全速力で自転車を漕いでくるところだった。平日のまったりした夜中の風景には、まったく異質な雰囲気だ。面識がなければ、間違いなく危ない人だと思うだろう。

「よう、おまたせ」

「いや、別に待ってませんけどね」

この人に逆らっても無駄なことはすでにいやと言うほど知らされているので、抵抗せずに後ろに乗る。まあ、タクシー代が浮くのはたしかに助かるので、一応礼を言った。

「すいません」

「まあ、帰り道やからな。途中で拾って落とすだけや。気にするな」

そういえば、先生の家がどこか聞いていなかったことを思い出した。

「先生。家、どこですか？」

「ん、藤井寺《ふじいでら》や」

あ、そうですか、と聞き流そうとして、一瞬凍りついた。

「ふ、藤井寺から毎日自転車で通ってはるんですか！」

「なに驚いているねん。直線距離で十五キロもあらへんで。大したことない。一時間もかからんで」

どうもこの先生の常識は人とは違うようだ。たまのことならいざ知らず、毎日十五キロの距離を自転車で往復するとは。

先生は、がたん、と車道に降りた。平日だからタクシーもそれほど多くない。すいすいと泳ぐように自転車は進んでいく。

「小松崎、ありがとうな」

いきなり言われて驚く。

「な、なんのことですか？」

「歩のことや」

ぼくは荷台を握る手を強くした。

「先生にお礼を言われることなんかありませんよ。選んだのは歩ちゃんです。ぼくはただ、待っていただけです」

本当にぼくはなにもしなかった。ただ、おろおろとしていただけだったのだ。歩ちゃんは自分で悩み、苦しみ、そうして決断してぼくのところにやってきたのだ。

先生は歌うようにそうか、と言った。なんか半笑いの気配がする。さほど不快とも思わず、ぼくも少し笑った。

「そういえば、今日、坂下ともうひとり、おまえのところに行ったやろう」

「え、ええ。きましたけど？」

「どうかしたんか？」

先生がなぜ、そんなことに興味を持つのか不思議に思いつつ、ぼくは説明した。

「仕事でストーカー被害の記事を書いているんです。坂下さんが、友だちに被害に遭っている人がいるって言うから、紹介してもらっていたんです」

「久住って子やろ。あの子がストーカー被害に遭っているんか？」

「そうです」

ぼくは彼女から聞いた話を逐一《ちくいち》、先生に報告した。先生はときどき、んー、とか、はーとかよくわからない合いの手を入れながら、聞いていた。

「なるほどなあ。そういうわけか」

「先生、彼女のこと知っているんですか？」

「ん、今、治療している」

なるほど、だから気になるのか。

「で、どうするんや。その程度の被害やったら、警察もそう動いてくれへんやろう」

「ええ、だからですね。彼女の友だちこみで、ストーカーをつかまえようと」

「なんやとう！」

先生は急に自転車を止めた。つんのめって、先生の背中に激突する。

「先生、危ないです」

「ん、ああ、すまんすまん」

また走り出す。

ぼくはおそるおそる尋ねた。

「あの、なにか不都合なことでもありますか」

「いや、ない」

先生はもう一度自転車を止めた。そうして、今度は身体を捻《ひね》ってこっちを向く。

「でも、そんなおもしろそうなこと聞いて、黙っておられるか。おれも混ぜろ」

ぼくは思い出した。この人はもめ事やそういう類《たぐい》のものが大好きなのだ。

第十一章

もっとびくびくすると思っていた。次に、深場ブロック長がやってくる予定の日。前日まではため息ばかり出た。会ったらどんな顔をすればいいのだろう。怒っているだろうか。どうして、もっとうまく逃げられなかったのだろう。

今さら考えてもしょうがないことばかり、考えた。そんな自分がいやだったが、考えないでいることなどできなかった。

だが、その当日、わたしは自分がすっかり開き直ってしまっているのに気がついた。悩みすぎて頭がショートしてしまったのだろうか。どこかが麻痺したように、わたしは元気よく、仕事をこなした。

レジを打っているとき、入り口の方で、お疲れさまです、という声が聞こえてきた。書類鞄を横手に抱えて、深場さんが早足で入ってくるのが見えた。

「お疲れさまです」

自然に声が出た。深場さんは足を止めてわたしを見た。一瞬の後、なにも言わずにそのまま横を通り過ぎる。

無視された。こんなことは入社してからはじめてのことだった。それだけではない。彼がさっきわたしを見たときの表情。

不思議な表情だった。まるでこっちを軽蔑《けいべつ》するような視線と、皮肉っぽく歪《ゆが》められた口元。

カウンターの厨子さんが言った番号と値段をレジに打ち込み、お金を取って、釣り銭を出す。単調な作業を繰り返しながら、わたしはぼんやりと考えた。

怒っているかもしれない、とは思っていた。でも、あんな表情を向けられる理由などないはずだった。ショックと言うよりも、むしろ不思議だった。

いきなり深場さんの声が店中に響いた。

「新書判のコミックス担当、だれや」

厨子さんが驚いたようにわたしを見る。あわてて立ち上がった。

「わたしですが」

気づいてきてくれた、尾口さんにレジを代わってもらう。

そのまま小走りでコミックスのコーナーに行く。深場さんは既刊本のコーナーで腕を組んで立っていた。

わたしを軽く睨《にら》んで、棚を指さす。

「ここからここまで。全部返本して」

愕然《がくぜん》とした。たしかに深場さんが指さした範囲は、少しマニアックなマンガ家の本が並んでいた。だが、決してまったく売れないわけではない。それなりにコンスタントに売れているコーナーなのだ。

「全部ですか？」

「そうや。なに考えてんねん。こんな売れへんようなのばかり並べて。スペースの無駄や」

わたしは唇をきつく咬んだ。このあたりはわたしが考えて発注したコーナーだった。結果も出しているので伊坂店長も、わたしに全部まかせてくれていた。

「ここ、ゲーム攻略本のコーナーを増やして」

深場さんは続けてそう言った。

「裏にある在庫も全部そのまま返品や」

わたしは返事もせず、ただ深場さんを見つめていた。

わたしは今、いじめられているのだろうか。このあいだの仕返しをされているのだろうか。

（あのまま、大人しくいうこときいていたほうがよかった？）

心の中で問いかけてみる。

否《いや》。こんな下らない報復をするような男に抱かれたくなんかない。

「わかりました」

わたしはそう言って、深場さんの言った範囲のコミックスを棚から出しはじめた。わたしが口答えもせず、黙って言うことをきいたことで、深場さんは少し驚いたらしかった。だが、すぐに鼻の頭に皺を寄せる。

「まったく、少しは売れ筋というものを考えたらどうなんや。珍しいのだけ並べたらええ、というもんでもない」

吐き気がした。だが、その一方でどこかすっきりした気分になっていることにも気づく。この人をひっぱたいたことで、少し感じていた罪の意識が、あっと言う間に消し飛んだのだ。

「その棚、結構売れていますよ」

いきなり声がした。

思わず振り返ると、水科くんが立っていた。深場さんを睨み付けるようにしている。

「そら、まったく売れへんわけやないやろう。どこでも物好きはいるからな。だが、おれはスペースを効率的に使う、という話をしているんや。マニア向けのボランティアやっているわけやないんやから」

「ゲーム攻略本は、売れるものが決まっているから今の平積み台と棚だけで充分対応できていると思います。これ以上増やしても、それこそ、スペースの無駄やと思いますけど」

深場さんはなにか言いかけて、また口を閉じた。そのまま水科くんに背を向ける。

「さっさと自分の仕事に戻れ。久住さんも、もっと早く作業して！」

棚を空にしながらわたしは心で笑った。反論できないから、意味もなく怒鳴っているのだ。そんなことでプライドが満足するのなら、いくらでも片づけてやる。

本を抱えて裏の倉庫に行こうとしたとき、伊坂店長が近づいてきて、わたしに囁いた。

「事務所に置いておけばいいわ。ブロック長帰ったら、また戻しておきなさい」

「いいんですか？」

「いいのよ。あとでちょっとあのあたりの場所替えやっておけばかまわないわよ。どうせ、自分の言ったことなんか覚えていないんだから」

少し、ほっとする。伊坂店長はわたしの背中を軽く叩いて促した。

深場さんはそのあと、一通りいろんなことにケチをつけると、店を去っていった。

わたしは事務所の椅子に腰を下ろした。目の前に積んだ本をぼんやりと眺める。

なんだかばかばかしかった。わたしが今までまじめに働いて勝ち得たと思っていた、深場さんからの信頼はいったいなんだったんだろう。

(要するに、従順であった、ということだけ?)

あの人の厳しさというのは、自分の力を見せつけるためだけのものだったのだろうか。わたしはそんなことも見抜けなかったのだろうか。

事務所の扉が開いて、水科くんが入ってきた。彼はわたしがいることに気づくと、いつものように身体を硬くして、目をそらした。

黙って入ってきて、袋に一緒に入れる結婚相談所のちらしの包みを持っていこうとした。

わたしは思わず立ち上がった。今言わないと、次はもっと言いにくくなるだろう。

「水科くん、さっきはどうもありがとう」

彼は足を止めた。

仕事以外のことで話しかけたのは、本当にひさしぶりのことだった。

わたしと彼の間にあった張りつめた空気、それがふっと緩む感じがした。彼の背中から力が抜けた気がした。

彼は振り返って、照れくさそうに笑った。

「別に。あいつ、前からむかついていたから」

わたしも笑った。

「本当、むかついた」

「久住さんのことは気に入ってたと思ってたんですけど」

「こないだまでね。ちょっと反抗したの。そしたらとたんにあれ」

「最低ですね」

「本当」

口に出すと、胸にわだかまる重苦しさは半減する。わたしは残り滓《かす》を振り払うため、もう一度笑った。

「ちょっと、だれかレジ！」

伊坂店長の声が聞こえた。わたしたちは顔を見合わせて、店に出ていった。

強ばった空気は彼から出ているのだと思っていた。ぎこちなさは彼が作っているのだと思っていた。

もしかすると、そうではなかったのかもしれない。

不安も重苦しさも、すべてわたしから出ていたのだろうか。彼は、それを受け止めて増幅していただけなのだろうか。

だとしたら、より苦しかったのは彼のほうなのだろうか。


教えられた住所と地図を手に心斎橋をうろつく。このあたりはあまり詳しくない上に、どこもかしこも似たような風景でわかりにくい。

その通りを何度もうろうろしたあげく、目の前のバーや居酒屋の看板が並ぶ雑居ビルが目的地だとやっと気づいた。

エレベーターのボタンを押して最上階まで昇る。エレベーターを降りると、非常口の前に手書きの張り紙で、「合田接骨院はこちらをのぼる」と書かれていた。思わず笑みが洩れた。さぞ、迷う人が多いのだろう。

非常階段の扉を開けると、わたしはまぶしさに目を細めた。

狭い屋上に太陽の光が溢れていた。何度か瞬きして、目が慣れるのを待つ。

少し上がっただけなのに、地上とはずいぶん違う。

「よう、自分か」

声をかけられたほうを見る。屋上のフェンスにもたれるようにして、白衣を着た力先生が立っていた。

「ええ時間にきたな。この時間だけ、ここ日当たりがええねん。ほかの時間は最悪やけどな」

先生は太陽を浴びるように、体を反らした。もっと高いビルに囲まれるようなこのスペースに、まぶしすぎる光が渦を巻いているようだ。

わたしは先生の横に並んで立った。

「どうや、調子は」

「いいのかわるいのかわかりません。まわりはあんましよくないけど、でも、わたし自身はなんか開き直っている感じ」

「それはええ傾向や。自分はもっと図太くなったほうがええ」

ふと、思い出して言う。

「先生は、わたしのこと、臆病だって言いましたよね。でも、臆病なこと自体は悪いことじゃないって」

「おう」

「でも、臆病な人は、そうでない人よりもやっぱりいろんなことを知らないまま、終わってしまうんでしょうね」

「そらそうや。そのかわり、無鉄砲な奴はいろんなことを知るかもしれへんけど、満身創痍《まんしんそうい》や。どっちもどっちや。まあ、人生通して、幸福と不幸の量にはそんなに大差はないもんや」

先生はこちらを向いて笑う。

「そんなに飛び抜けて幸福な人間も、不幸な人間も、たぶんそんなにおれへんで。自分を不幸やと思う奴は、自分を不幸にしているんや」

なぜだろう。この先生のことばは教訓じみているわけではないのに、不思議に心に染みてくる。

もうひとつ、疑問に思っていることを尋ねた。

「先生は、わたしが女の人のよくかかる罠にかかっている、って言いましたよね。男の人にはそういうのってないんですか」

「あるある。男かって大変やで。生まれつき、多めに荷物持たされているようなもんや。でもまあ、かけられている呪《のろ》いのタイプが違うわな」

少しずつ日が翳《かげ》ってくる。風が吹いて、わたしはコートの前を合わせた。

先生はくるり、と身体を反転させて、下の通りを覗きこむ。

「なんでやろう。他人から愛されへんと幸せになられへんという呪いがかかってるような気がする」

「え？」

「いや、女という生き物にな」

呪い。それは呪いなのだろうか。わたしは疑問をそのまま口に出す。

「おれは呪いやと思うで。もちろん、そんな呪縛《じゅばく》から軽く抜け出してしまえる奴かてたくさんいるけどな」

わたしは先生の彫りの深い横顔を静かに眺めている。

「なあ、自分を幸せにするのは自分自身やで。そうして、自分も幸せにでけへんような奴は、他人も幸せにはでけへんのや」

わたしは頷いた。風がわたしの髪やコートの裾を巻き上げる。

「あかん、寒なってきたわ。入ろうか。腰も診《み》なあかんしな」

先生はそう言ってプレハブを指さした。

「そんなの本当に大丈夫なの？」

わたしと早苗さんの話を聞いて、礼子さんは少しおろおろしている。

「大丈夫だと思います。わたしたちだけだったら荷が重いけど、その雑誌記者の人も協力してくれるって言っているし」

早苗さんが話を引き継ぐ。

「わたしと久住さんが診てもらっている整体師さんも手伝ってくれるって。亮治さんも空いているなら協力してもらいたいんだけど」

「それはかまわないと思うけど……」

礼子さんは不安げにわたしの顔を覗きこむ。

「よく逆恨《さかうら》みされて、ひどい目に遭ったっていう話を聞くやない。梨花子さんが、そのあと困ったことにならないとええけど」

わたしはこたつ布団を、きゅっと握った。礼子さんの眸《め》を、真っ正面から見据える。

「わたし、今までずっといい子で生きてきました。大きいものに逆らったことなんてなかった。そんな生き方自体を後悔しているわけではないです。でも、たぶん、この犯人は、わたしだったら自分にも逆らわない、と思っているんです。自分の支配下における、と考えているんだと思います。そんなふうに思われているのなんて、絶対にいやです。だから、わたしが戦わなければならないんだと思います。わたしがやらないと、結局のところなんにも変わらないんだと思います」

わたしは王子様のキスを待ち続けている茨姫ではない。わたしがキスする相手は自分で見つける。

礼子さんはこっくりと頷いた。

「わかったわ。じゃ、亮治に連絡するね」

「とりあえず、今日から毎日、交代で張り込みます。友だちが車を貸してくれたから、路上駐車のふりをして、その中に隠れています」

早苗さんも気が高ぶっているのか、膝立ちになって話し続ける。

「ちょうどわたしの部屋の窓から、郵便受けが見えるの。こっちからもダブルで見張る、ということで」

「くるかなあ」

「見張りに気づかれてもいいです。それでびびってやめてくれるんだったら、それもわたしが戦ったことになるもの」

礼子さんは、自分に活を入れるように、よし、と小さくつぶやく。

「じゃあ、わたしも手伝う。店から帰ってきてからになるから、遅くなるけど。なんやったら、友だちの男の子呼んできてもええよ」

「ええ、もし、長丁場になるようだったらお願いします」

わたしたちはもう一度細かい打ち合わせをしてから、礼子さんの部屋を辞した。彼女はこれから仕事がある。

「部屋に帰らないの？」

自分の部屋の前を素通りしたわたしを見て、早苗さんがきく。

「下で、郵便受けの鍵、外してくる」

「そう」

彼女は自分の部屋の前に立って、鍵を開けた。

ふと、思いついて振り向く。

「ねえ、早苗さん」

「ん？」

「早苗さん、以前、わたしとあなたと、足して二で割ったらいいんじゃないかって言っていたでしょ」

「ああ、言ったわね」

「あの意見、承服しかねるわね」

彼女はドアノブに肘をかけて、わたしを見た。

「あらそう？」

「わたしとあなたじゃ、足して二で割ってもぎすぎすしすぎると思う」

彼女は素直に頷いた。

「なるほど、そうかもね」

「礼子さんも入れて、三で割るといいのよ」

彼女は、礼子さんの部屋を振り返った。こっちを向いた顔は、さもおかしそうに笑っていた。

「なるほどね。それはいい考えやわ。礼子さんにも、ちょっとわたしらの性格、混ぜたほうがよさそうやし」

「でしょう」

エレベーターがくる。わたしは軽く手を挙げて乗りこんだ。

そのまま一階に降りる。自分の心に言い聞かせた。負けない。絶対に負けない。

マンションの入り口から出て、集合ポストに近づく。

コートを着てくるのを忘れたから、寒さが身体にしみわたる。

わたしは自分の郵便受けに歩み寄った。数字錠のナンバーを合わせる。

小さな鍵は、かちり、という音とともに、わたしの手の中に落ちた。

わたしはその鍵をぎゅっと握りしめた。

絶対に負けない。


力先生と小松崎さんが外の車で待つことになった。

「おれもそっち行きますよ」

不満げにそう言った亮治さんを、力先生が制する。

「どうせ、こっちが疲れたら代わってもらわなあかんねんから、部屋で待っていてくれ」

亮治さんは渋々頷いた。

わたしと早苗さんは、彼女の部屋で見張ることにした。そこに、亮治さんも混ざる。

「何日もになるとつらいね」

冷たい窓に額を近づけながら、だれへともなしに言った。

「まあね。久住さん、昼間は仕事やしね」

早苗さんが眼鏡を拭きながら答える。

「早苗さんだって、仕事あるんでしょう」

「ちょうど今は暇なの。気にしないで」

そのせいか、部屋は前にきたときよりも、ずっと片づいている。とはいえ、本などは本棚に収まりきらないらしく、床に積んであるが。

亮治さんは壁にもたれてただ、目を閉じていた。

早苗さんが立ち上がった。

「濃いコーヒーでも淹れるわ。それともドリンク剤のほうがいい？」

「コーヒーがいい」

早苗さんは冷蔵庫から挽《ひ》いた豆を出して、コーヒーメイカーに水を入れた。なるほど、かなり濃いめにするつもりなのか、何杯もフィルターの中に入れている。

「外、見張っててよ」

「あ、ごめん」

再び窓に顔を近づける。吐いた息でガラスが曇るのを、手で拭き取る。

人通りのない深夜の路上。闇の中に滲《にじ》むように街灯の明かりが点《とも》っていた。

わたしはただ、人を巻き込んで自己満足のためにこんなことをしているのかもしれない。

ふと、そんなふうに思った。

危ない人からなんて、逃げるだけでいいのではないか。逃げて、逃げ続けていれば、向こうだってそのうち飽きるのではないか。

でも、そんなのは絶対にいやだ。改めてそう思う。

自分で振り払ったという、はっきりとした手応えが欲しかった。

熱い湯気を立てたマグカップが目の前に差し出された。

「あ、ありがとう」

礼を言って受け取る。湯気をふいて、やけどしそうなほど熱い液体を飲んだ。

「なに考えているの」

早苗さんがそう尋ねながら、横に腰を下ろす。

「なんか、わたしって結局くそまじめで頑《かたく》ななんだなあって思っていたの」

「今頃、気づいたの？」

早苗さんはくすりと笑った。

「でも、ええんやない」

「そう？」

彼女は煙草に火をつけると、煙を吐いた。

「最初は苦手だと思っていたけどね」

照れくさそうに言う。見え透《す》いたお世辞や誉めことばなんかじゃない分、素直にうれしかった。

「ありがとう」

もう一度、窓の外に視線を戻す。

「どうする。コーヒー多めに作ったんやけど、小松崎さんたちにも持っていってあげようか」

「あ、わたし、持っていくわ」

彼女は心配そうに目を細めた。

「大丈夫?」

「大丈夫よ。すぐ帰ってくる」

わたしは一度自分の部屋に戻って、コートと魔法瓶を取ってきた。魔法瓶に熱いコーヒーを移すと、きつく蓋を閉めた。

「じゃ、行ってくるわ」

「気をつけてね」

コートの前ボタンを留めて、廊下に出る。深夜はやはり気温が低い。エレベーターで一階まで降りて、外に出る。

だれもきていないのを確かめたあと、力先生たちがいる車のそばまで駆け寄った。窓を叩く。

「ああ」

外から見えないように運転席でシートを倒していた小松崎さんが起きあがった。ドアを開けてくれたので、助手席に身体を滑らすようにして入った。

力先生は後部シートで丸くなって寝息を立てている。まるで、野生動物がのんびりしているみたいに見えた。

「これ、コーヒー淹れたので持ってきました」

「あ、ありがとう。助かるよ」

小松崎さんは生あくびをかみ殺しながら、魔法瓶を受け取った。

「すいません。眠いですよね」

「いや、ぼくは仕事のネタにさせてもらうからええんやけどさ」

そう言って、ふわふわした前髪をかき上げながら、後部座席に目をやった。

「この人、とことん物好きやなあ。こういうことに首を突っ込みたがるやなんて」

規則正しい寝息を立てていた力先生がぱちっと目を開けた。むくっと起きあがる。

「なんや、おれの噂か？」

「い、いいえ、なんでもないですよ」

小松崎さんはとたんに苦笑いになる。魔法瓶を持ち上げて見せた。

「久住さんがコーヒー持ってきてくれましたけど、力先生は刺激物嫌いなんですよね」

それは知らなかった。わたしはあわてて言った。

「ごめんなさい。気づかなくて。なんかほかのもの持ってきましょうか」

力先生は大袈裟に首を振った。

「ん、いや。ええねん、ええねん。状況が状況やから、カフェインでも摂取して、頭はっきりさせといたほうがええねん。コーヒーもらうわ」

小松崎さんが注いだコーヒーを受け取って一口飲む。

「うわ、にが」

「大丈夫ですか。早苗さんが淹れてくれるの、いっつも濃いんです」

「ああ、あの子はちょっとカフェイン取り過ぎや。身体のためにはもっと控えたほうがええねんけどなあ。ま、嗜好品やししゃあないか」

そう言いながらも飲み干して、カップを小松崎さんに返す。小松崎さんは受け取って自分の分を注いだ。

「じゃ、わたし、部屋に帰ります」

わたしはそう言って助手席のドアを開けた。後部シートに寝そべっていた力先生が眉をひそめた。

「気をつけろよ」

また、あたりをうかがいながら車を出て、走ってマンションに戻った。

早苗さんの部屋に戻ると、なぜか部屋に早苗さんはおらず、亮治さんがひとりで窓の外を見張っていた。

「早苗さんは？」

「頭がすっきりしないからって、風呂入っている」

相変わらず、マイペースな人だ。わたしは亮治さんと並んで座った。時計は午前一時を指している。普通なら、もうとっくに寝ている時間だが、気分が高ぶっているのかまったく眠たくない。

「亮治さん、ご迷惑かけてすみません。眠たくないですか」

尋ねると、にやっと笑って首を振る。

「そんなん、こんな時間、まだ働いていること多いわ。平気平気」

そういえば、礼子さんもまだ帰っていない。わたしはため息に紛《まぎ》らせるようにつぶやいた。

「大丈夫かなあ」

「大丈夫、大丈夫。大の男が三人もおるんやで。ストーカーみたいなことする暗い男のひとりやふたり、ちょろいもんや。あの雑誌記者の小男は大して力はなさそうやけど、もうひとりの男って整体師やろう。なんか、ひょろっとしているけど、筋肉はしっかりついている。ああいう職業の人って力は強いもんや」

そうなのだろうか。服の上からではよくわからない。しかし、力先生は後部座席で気持ちよさそうに寝息を立てていた。いざというとき役に立つのか、疑問だ。

バスルームからシャワーの音が聞こえてくる。早苗さんはまだ出てこないのだろうか。

「おい！」

亮治さんが叫んだ。

あわてて窓に視線を移す。暗闇の中、集合ポストに近づく人影があった。

わたしと亮治さんは顔を見合わせた。

「下に行くか」

頷く。わたしはコートを羽織って立ち上がった。バスルームに声だけかける。

「早苗さん。わたしたち下に降りるから！」

中からなにか返事が聞こえたが、かまっていられない。どうせ、支度をするまで時間がかかるだろう。待っている暇はない。

わたしと亮治さんは部屋を出て、エレベーターに飛び乗った。

もしかしたら、単に遅く帰ってきたマンションの住人かもしれない。けれど、あの人影は男性のように見えた。ここはレディスマンションだ。

わたしたちはロビーから走り出た。集合ポストの前には、すでに小松崎さんと力先生が立っていた。どうやらだれかに詰め寄っているようだった。

小松崎さんがわたしに気づいた。

「久住さん、この男。きみの郵便受けになにか入れようとした！」

わたしは足を止めた。暗がりの中、力先生と揉み合っているので、顔はよく見えない。

ただ、男の手から茶封筒が落ちた。それが風に巻き上げられてこっちに飛んでくる。

拾い上げた。封を開ける。

中から一枚の紙が出てきた。以前、郵便受けに入っていたのと同じような、殴り書きの文字。

「やっと、ぼくの言うことがわかったみたいだね。いつもきみのことを見ているよ」

指先が震えた。思わず叫ぶ。

「だれ？」

力先生の身体が跳ね飛ばされる。男は振り返った。

管理人の黒沢さんだった。

彼が、どうして。

彼は小松崎さんも突き飛ばした。そうして、わたしのほうに向かって走ってくる。

思わず悲鳴が出た。

いきなり亮治さんがわたしの前に立った。黒沢さんとつかみ合いになる。

なにが起こっているのかわからなかった。ただ、怖かった。涙が出る。

「やめて！」

大声で叫ぶと、黒沢さんははっとしたようにわたしを見た。

その隙に、亮治さんが彼の鳩尾《みぞおち》に拳《こぶし》を叩きこんだ。

「ぐうっ」

しゃがみこんだ黒沢さんを、亮治さんが蹴りつけた。

力先生と小松崎さんがふたりに駆け寄る。激昂《げきこう》している亮治さんを、黒沢さんから引き剝がして、黒沢さんの両腕をつかんだ。

力先生が息を弾ませている亮治さんに言う。

「とりあえず、おれらはこいつを警察に連れていく。きみは、久住さんについていてやってくれ。ちょっと動揺しているみたいやからな」

わたしは自分の脚ががくがくと痙攣《けいれん》しているのに気がついた。まだ、なにが起こっているのかすら理解できていなかった。

黒沢さんがストーカーだったんだろうか。

でも、どうして。

彼とは、数えるほどしか話したことなかったのに。

力先生と小松崎さんは暴れる黒沢さんを押さえつけて車に乗せた。そのまま出発する。

「部屋に戻ろうか」

亮治さんにそう言われて頷く。身体の震えはまだ治まらなかった。

亮治さんはわたしを部屋まで送ってくれた。肩を抱かれたまま部屋に入る。

「落ちついた？」

きかれて、首を横に振る。まだなにがなんだか、わからない。

「黒沢さんが、郵便物を見ていたなんて……」

「おれは話を聞いたときから、あいつがあやしいと思っていたんや」

「でも、わたし、黒沢さんとはほとんど喋ったこともなかったんです。彼のこと、全然知らないし、彼だってわたしのこと……」

「だから、向こうが勝手に、きみのことを自分のイメージ通りの女やと夢想して、惚れたんやろう。女にもてへん男には、よくあることや」

本当にそうなのだろうか。わたしは震えの止まらない身体を自分で抱きしめる。

「でも、ありがとうございました。助けてくれて」

「いや、大したことあらへんよ」

急に、亮治さんの手がわたしの肩を撫でた。ぼんやりと、彼の顔を見上げる。彼の口が動いた。

「なあ、前から言おうと思っていたけど、おれ、きみのこと好きやで」

「え？」

投げかけられたことばが受け止められず、わたしはもう一度彼の顔を見つめた。彼の手がわたしの肩口をしっかりつかむ。

「はじめて会ったときから、思っていたんや。ずっと、きみみたいな子のことを探していた。礼子とは別れる。そやから」

「ちょ、ちょっと待ってください」

わたしは彼の手から逃れようと身をよじった。だが、その手はがっしりとわたしの肩をつかんで離さない。

「そんな。わたし、友だちの彼氏とつきあうなんてできません」

亮治さんは微笑んだ。たしかに笑うと、ぞっとするくらい魅力的だ、と思う。心がかすかに揺らいだ。

「きみのそういうところが好きなんや。おれが今まで会ってきた女は、ふしだらで安っぽい女ばっかりやった。でも、きみは違う。清楚で汚れていなくて。まさに、おれの理想の女性や。なあ、最初におれが誘ったとき、きみは断わったやろう。あのとき確信したんや。きみはほかの女とは違うって」

耳元で囁かれる声はあくまでも甘い。だが、心の中でかすかに警報が鳴った。

「なあ、これからはおれがきみのことを守る。きみがこれからも汚れたり、苦しい思いをしないように守ってやる」

わたしは笑顔を浮かべた。彼を油断させるために、身体の力を抜く。

「わたしのことを見てたの？」

彼は頷いた。

「そうや。女は見てくれだけではわからんからな。いくら清楚そうに見えても、実際誘うとほいほいついてくる女もたくさんいるし、陰で男と遊び回っている女もたくさんいる。でも、きみはそうやなかった」

ゆっくりと抱きしめられる。わたしは息を詰めた。

た。


「気づかなくてごめんなさい」

「ええよ。きみのそういうところが好きなんや。おれやとわからんかったから、怖かったんやろう。おれやとわかったら、もう怖くないやろう」

彼の顔は自信にあふれていた。女性から嫌われるはずがない、という確信に満ちてい

わたしは早苗さんのことばを思い出す。

白馬に乗った王子様と、ストーカーってどう違うと思う？

この人は、自分のことを白馬の王子様だと思っている。

「黒沢さんがどうして、あの手紙を持っていたの？」

「大したことやないよ。どうせ、あんな奴よからぬことばかり考えているに決まっているんや。なんたって女に飢えているからな。まあ、警察に行ったたって、すぐ帰ってくるやろう。きみはそんなことは気にせんでええ」

彼の手がわたしの髪をゆっくりと撫でる。わたしは少し、身体を引いた。彼は驚いたような顔になる。

「駄目だわ。やっぱり礼子さんが」

彼は笑った。

「そんなん気にせえへんでええって。あいつはホステスなんかやっているんやで。水商売やで？　そんな女に対して本気になるわけなんかないやないか。アホやなあ」

わたしは笑った。この男はなんにもわかっていない。人の本質のことなんかなんにも。知り合ってそう時間も経っていないわたしが知っている、礼子さんの魅力のことも。

わたしは考える。わたしのことを守ってくれようとした人は現われた。眠っていた茨姫は白馬に乗ってきた王子様のキスで目覚める。

だが、所詮《しょせん》、この程度の男だ。

わたしはもう一度、彼を見据えた。

この人は王子様ではない。ただの最低のストーカーだ。

口を開いた。

「ごめんなさい。わたし、たぶん、あなたが思っているような女の子じゃないかも」

彼の表情が一瞬にして強ばる。口だけ引きつらせて笑う。

「どういうことだ？」

「恋人がいるの。会社の上司で、不倫だけど、その人のことが好きなの。だから、ごめんなさい」

彼の顔から血の気が引いていった。低い声でつぶやく。

「やっぱり、おまえもその程度の女だったのか?」

まっすぐに見据えられて、わたしは後ずさった。

「ごめんなさい。でも、あなたが勝手に勘違いして……」

「女なんて、所詮みんな汚らしい奴ばかりだ。ふしだらで、淫乱で、きみもそうなのか?」

違う、そうじゃない。汚れているのは女ではなくて、彼の目だ。些末《さまつ》な表面上のことに囚《とら》われて、礼子さんの魅力さえ見抜けない、あなたの目だ。

わたしは言った。

「あなたが変わらなきゃ。あなたがそんなふうにしか見ようとしないから、女性のことが汚らしくしか見えないのよ」

「うるさい!」

彼はこぶしを壁にたたきつけた。あらためて気づく。この男は普通じゃない。

「おまえだって、おれの期待を裏切った。おれの気持ちをずたずたに傷つけた」

彼の手が伸びる。逃げようとした。だが、一瞬遅かった。腕をつかまれて、悲鳴が出る。

「騒ぐな!」

いきなり片手で喉をつかまれた。そのまま壁に押しつけられる。

後頭部を強く打ち付けて、わたしは気が遠くなるのを感じた。

大きくて固い手が、喉に喰《く》いこんできた。息が詰まって、喉が鳴る。

彼の顔がやけに大きく見えた。視界がぶれる。

もがくが力が入らない。わたしは喘《あえ》いだ。

急に、鍵がまわされる音がした。がちゃがちゃとドアノブが鳴る。

彼も気づいたのか、手の力が緩んだ。その隙に彼を思いっきり突き飛ばす。そのまま、崩れるようにしゃがみこんだ。

ドアが開いた。

人が入ってくる気配がする。

「久住さん!」

早苗さんの声だった。はっとして顔を上げた。早苗さんだけではない。力先生も小松崎さんもいる。

黒沢さんや礼子さんも。

早苗さんと礼子さんがわたしへと駆け寄る。

「大丈夫、久住さん!」

亮治さんは後ずさりながらキッチンへと駆け込んだ。

「悪いな。たぶん、こんなことやろうと思ってたんや」

力先生が亮治さんを見据える。亮治さんが低く呻《うめ》いた。

「ガキやな。自分の思い通りに行かへんと思うと、すぐキレる。ええかげんにせえ」

「うるさい！」

亮治さんは、ちょうどまな板の上に置いてあった、果物ナイフを手に取った。震える手でそれを握りしめる。

力先生は顔をしかめた。

「どうするつもりや。今やったら大した罪にはならんのに、ことを大きくするつもりか」

「黙れ！　おれに近づくな」

礼子さんが叫ぶ。

「あんたなんか最低！」

「うるさい、クソ女！」

亮治さんは荒い息をついている。見ただけでわかった。自分を見失っている。なにをするかわからない。

緊迫した空気が部屋中に漂った。

こんな狭い部屋で、亮治さんが刃物を振り回すと、怪我人が出るだろう。早苗さんがきゅうっ、とわたしの手を握った。

急に、のんびりとした声がした。

「色男はナイフ持っていても、さまになるなあ」

黒沢さんだった。腕を組んでにやついている。毒気を抜かれたように、亮治さんの腕から一瞬力が抜けた。

その瞬間、黒沢さんが身体を躍らせる。亮治さんの脇腹にしがみついた。

「うわっ」

力先生も飛びかかる。彼の手からナイフをもぎ取った。

「なにするんや。離せ!」

じたばたと両手をもがかせる。黒沢さんと力先生がふたりがかりで押さえつけようとするが、体格の差があるのか苦戦している。

礼子さんがすっくと立ち上がった。

「れ、礼子さん?」

彼女は泣いていた。ぽろぽろと涙をこぼしながら、キッチンへと歩いていく。

彼女はコンロの上に置いてあったフライパンを手に取った。

「あんたなんか最低！」

大きく叫ぶと、それで亮治さんを殴りつけた。

亮治さんはひとたまりもなく気絶した。


暴れん坊は警察に引き取ってもらった。わたしたちはいろいろ事情を聞かれたあと、解放された。

帰るころにはすっかり夜が明けていた。

やけにうるさい小鳥の声を聞きながら、わたしたちはマンションに帰り着いた。

疲れたから、と自分の部屋にとっとと戻ってしまった黒沢さんを除いて、わたしの部屋に集まる。

礼子さんはまだ何度も洟《はな》を啜《すす》り上げていた。握りしめたハンカチがくしゃくしゃだった。わたしは彼女になんて言っていいのかわからなかった。

ようやく言った。

「ごめんなさい。礼子さん」

礼子さんは化粧を涙でぐしゃぐしゃにしながら、それでも気丈に笑ってみせた。

「梨花子さんはなんにも悪くないわよ。あんな男だと気づかなかったわたしが悪いんやから。どっちにしろ、あんな最低な男やとわかってすっきりしたわ」

そう言いながらも、礼子さんはまた洟を啜った。この人は亮治さんのことが本当に好きだったんだろう。

愛おしくてたまらなくなり、わたしは彼女の髪を撫でた。礼子さんは甘えるようにわたしの肩に頬を押しつけてまた泣いた。

力先生が礼子さんの肩をばんばん叩く。

「大丈夫や。自分、別嬪《べっぴん》やから、すぐええ男が見つかるで。あんなんと切れてよかったやないか」

ふと、不思議に思って尋ねた。

「先生は、亮治さんがあやしいと思っていたんですか?」

「確信があったわけやないけどな」

ベッドにもたれかかって頷く。

「女にもてて、異常にたくさんの女とつきあいたがる男っつうのは、女のことがよくわからんようになることが多いんや。結果的に、支配的な態度をとったり、自分の理想を押しつけたり、画一的な物差しでしか測られへんようになることが多い。今回の犯人もそんな感じやったからな」

　小松崎さんは疲れたのか、なんどもため息をついている。

「黒沢さんはいったい……」

「ん、あの封筒が管理人室のポストに投げ込まれていて、久住梨花子さんのポストに入れてくれ、とメモが添えてあったらしい。まあ、あやしいとは思ったけど、あえて罠にかかるつもりで入れた、と言ってたわ。だいたい、こんな深夜に郵便受けに近づくこと自体が、あの男がストーカーやない証明みたいなもんやったけどな」

「どうしてですか？」

「だいたい、なんでわざわざ深夜に手紙だけ入れなあかんねん。郵便物チェックするんやったら、郵便の届いたあとにすればええし、黒沢にはいくらでもそのチャンスがある。昼間用事があるやつなら、深夜にきてもおかしくないけど、あいつが深夜にこっそり手紙だけ入れるのはおかしい」

「亮治さんは、彼を犯人にして、やっつけて、久住さんの気持ちをつかもうとしたのね」

　早苗さんがたしかめるように言った。

「ま、あのあと、警察に連れていくふりをしつつ、黒沢にも協力を頼んで、あいつがボロを出すのを待って、坂下の部屋に潜んでいた訳や。案外早かったけど、あんなにキレるとは思わんかったわ」

「みんな怪我がなくて、よかったですね」

そう言うと、礼子さんがわたしの頭を軽くこづいた。

「言っておくけど、あんたがいちばん危なかったのよ」

「そう？」

「そうよ。まったくもう」

力先生はわたしの顔を覗きこんだ。優しい目で笑う。

「もう、大丈夫やな」

頷いた。怖かったけどもう大丈夫だ。わたしは自分の手でのしかかってくるものを振り払った。かかっていた呪いとともに。

「腰のほうはもうちょっと通えよ。坂下も」

言われてわたしたちは頷いた。先生は、半分眠りかけている小松崎さんを引っ張って立たせた。

「じゃ、おれらはもう帰るわ。またな」

「どうもありがとうございました」

そう言うと、先生は笑って手を振った。そのままドアから出ていく。

礼子さんは立ち上がって窓から外を見た。

「ね、あの先生、独身かなあ」

疲れが出てきたのか、早苗さんはごろん、と寝転がる。

「知らない。なんでそんなこと聞くの？」

「だって、ちょっといいかなって思ったんだもん」

早苗さんは目を丸くする。

「もうなの？」

「ふふん、立ち直りが早いのがわたしの取り柄なの」

テーブルに戻ってきて頬杖をつく。

「小松崎さんもちょっと可愛いわよね。今日はじめて会ったけどさ」

「彼女いるわよ」

「ちぇ」

礼子さんは上目遣いになって、考えこんだ。

「そういえば、あの管理人も、意外と男らしかったわよね。見直しちゃった」

わたしも頷く。

「そうですよね。助かりました」

「あの人にしよっかなー。意外といいかも」

「あれは、だめ」

早苗さんがいきなり言った。

「どうしてよ。なんか不都合でもあるの?」

「わたしがつきあっているの」

思わず、礼子さんと顔を見合わせる。礼子さんはテーブルに身を乗り出した。

「い、いつから?」

早苗さんは寝転がったまま指を折った。

「うーん、四カ月くらいかなあ」

「あんた、そんなこと一言も言わなかったじゃない」

礼子さんに詰め寄られて、早苗さんはぱちぱちと瞬きをした。

「だって、だれにもきかれへんかったもん」

わたしは思わず噴き出した。

棚卸しの日。わたしと水科くんは一緒に作業をすることになった。

バーコードを通しながら、わたしはここしばらくの話をした。

「大変やったんですね」

「本当。自分にこんなことが起こるなんて思いもしなかった」

だけど、もう終わったことだ。わたしはなにかを振り切ったように、晴れ晴れとした気分になっていた。

「なんか、トラブルって重なるのね。ここ一カ月くらい、まるで嵐みたいな日々だった」

引っ越し、ストーカー騒ぎ、職場でのトラブル。すべてが片づいたわけではないけど、少なくとも今は落ちついている。

「でも、半分くらいはわたしが呼び寄せたようなものだしね。ちょっと反省している」

そう言うと、水科くんは手を止めた。まじまじとわたしの顔を見る。

「どうしたの？」

「いや、なんでもないです」

あわてて作業を続ける。でも、わたしは彼がなにを感じたのかわかった。少し前のわたしなら、こんなことは決して言わなかっただろう。

水科くんがいきなり言った。

「おれ、姉貴の家が北千里なんです」

わたしは顔を上げた。彼から本を受け取る。

「で、甥が小学生なんだけど、私立の小学校で電車通学なんです。で、塾も行っているし、たまに暇なとき、おれが駅まで迎えに行ったりしていて」

「それで、よく北千里の駅にいたんだ」

別にわたしのあとをつけていたわけではなかった。単なる偶然だったのだ。

言ってくれればよかったのに。そう言いかけてことばを飲みこんだ。わたしみたいな過剰な反応をされれば、よけいに言い出しにくいだろう。むしろ、言い訳をしているようにさえ見える。

彼はぽつん、と言った。

「もしかして、久住さんに誤解されていないか、ずっと心配だった」

わたしは苦笑いをした。誤解していた。だけど、そんなことはもう言う必要はない。

「電車で会ったときも、偶然会ったんだって言いたくって、思わず降りてしまって、降りたあと、このままじゃよけいに誤解されると思って、なんだかわけわからなくなってしまって……」

「ああ、あのとき」

不器用な人だと思った。不器用で、くそまじめで、頑なで。そう、たぶん、この人はわたしに似ているのだろう。

わたしは彼に本を差し出しながら言った。

「ごめんね」

今まで頑なに背を向けていて。

どうしていいのかわからなかっただろう。ずっと困っていたのだろう。

彼は、わたしが謝った理由をきかなかった。ただ、ほっとしたように笑っただけだった。

エピローグ

「お昼にする？」

歩ちゃんが唐突にきいた。目の前のライオンが大きな肉片をしきりに食いちぎっている。

ぼくは腕時計を見た。

「え、もうお腹空いた？」

「ううん、それほどでもないけど、もう十二時過ぎたから」

たしかに太陽はてっぺんに昇っている。もう少し、動物園でゆっくりしていくつもりだったのだが、しょうがない。

「じゃ、外出て、なんか食べようか」

歩ちゃんは首を横に振った。

「ううん、お弁当作ってきたの」

「え？」

ぼくが驚くと、彼女は手提げ鞄をきゅっと握りしめて、ぼくを見上げた。

「ごめんなさい。もしかしたら寒いのに非常識かな、と思ったんだけど……」

「いや、そんなことない。そんなことない。まさか、歩ちゃんの手料理が食べられるなんて思ってなかったから、びっくりしただけ」

「大したことないんです。サンドイッチだけだし。いいですか?」

「もちろんだよ。いや、うれしいなあ」

恵さんや力先生に見られたら、笑われるだろう。まるで、中学生みたいなぎこちないデートだ。

だが、笑わば笑え。こっちは痛くも痒《かゆ》くもない。

ぼくたちは空いているベンチを探して、そこに座った。冬のさなかとはいえ、太陽が当たるとそれなりに気持ちがいい。

歩ちゃんはランチボックスに入れたサンドイッチを手提げ鞄の中から取りだした。女の子らしくラディッシュやプチトマトが飾り切りされている。

彼女の手料理など食べるのは初めてだ。

「じゃ、いただきます」

ぼくはサンドイッチをひとつとってぱくついた。

「どうですか？」

彼女は目を大きく見開いて、ぼくを見つめている。ぼくは頷いた。

「おいしいよ」

「よかった」

本当はマスタードの量が明らかに多すぎた。だが、この状況でそんなことがはっきり言える男がいたら、お目にかかりたいくらいである。

彼女は自分でも手を伸ばして食べはじめた。マスタードのことに気づくかと思ったが、まったく平気な顔でぱくぱくと食べている。もしかしたら、彼女は味オンチなのかもしれない。

まあ、そんなこと大した欠点ではない。ぼくは二つめに手を伸ばした。一つめ以上の鼻を殴られるような刺激が襲ってくる。ぼくは少しむせた。

「どうかしました？」

「ん、いや、なんでもない」

これくらい、愛の力で乗り越えてみせる。ぼくは、サンドイッチを飲みこんだ。前から言いたくて言えなかったことが、言える気がした。この辛さに後押しされて。

「なあ、歩ちゃん」

「え？」

彼女が顔を横に向けてぼくを見た。

「ぼく、さ。なんつうか、鈍感やし、いまいち気もつかへんし、力先生と比べたら、頼りないと思うんや」

「そんな」

彼女がなにか言おうとするのを無理に遮《さえぎ》って続ける。

「きみのことを守る、とか、きみを救う、なんて大袈裟なことは約束でけへん。自分でも言うてて情けないけど。だけど、歩ちゃん。もし、きみがなにかに戸惑って足踏みしたり、ゆっくりとしか歩けないことがあっても、ぼくはずっと待っている。根気だけは自信があるんや」

だから、一緒に歩いていこう。

歩ちゃんはこっくりと頷いた。少し、洟を啜り上げる。

もしかしたら、やっとマスタードが利いてきたのかもしれない。

わたしは白い薔薇《ばら》の花を抱えたまま、病院の廊下を歩いた。すれ違う人みんなに、抱きついてキスしたいような気分だった。

歩きながら鼻歌が洩れる。スキップにならないのが不思議なくらいだ。

病室にたどりついて、ノックする。一拍置いて、ドアを開ける。

「おめでとう！」

病室には美雪さんと、母がいた。わたしは花束を振り回しながら、中に入る。

「ねえねえ、赤ちゃんは。赤ちゃんは？」

「まあ、梨花ちゃん。ちょっと落ちつきなさい。美雪さんまだ具合悪いんだから」

「いえ、お義母さん、もう大丈夫ですから」

美雪さんはベッドから半身を起こした。口紅さえ塗っていないから、顔色が妙に白く見える。少し前まで日焼けしていた肌も、今は褪《さ》めている。

だが、彼女はなんだかとてもきれいに見えた。

「だって、仕事が忙しくて、昨日はこれなかったんだもん。せっかく予定日は休みにしていたのに」

「そりゃあ、一日くらい早くなることはありますよ」

母はわたしの薔薇を受け取ってベッドの脇に置いた。

わたしは美雪さんの横にあるベビーベッドに駆け寄った。中には小さな小さな赤ちゃんが眠っていた。くしゃくしゃの顔も、手も、びっくりするくらい小さい。

「うわあ、可愛い！　抱いていい？」

起こさないようにゆっくりと抱き上げる。柔らかく軽い感触。だが、たしかな鼓動を感じた。

なんだか愛おしさと、不安が入り交じった気持ちでわたしは赤ちゃんを抱いた。本当に生まれたばかりの小さな人間。

おそるおそるベッドに寝かせる。赤ちゃんはなんだかもがくような仕草で、少し動いた。

わたしは美雪さんに尋ねた。

「名前は？」

「それがまだなんです。誠さんもお父さんも、男の子が欲しかったみたいで、男の子の名前しか考えていなかったの。でも、女の子だったから、ふたりともちょっとがっかりしているみたい」

わたしは唇を尖らせた。

「んもう。あのふたりったら、女の子のほうが可愛いじゃないねえ」

「ええ、わたしは女の子が欲しかったから」

美雪さんは青白い顔に笑顔を浮かべた。ベビーベッドを覗きこむ。母親の顔だ、と思った。

新しい命を産んだ人の顔。

わたしはもう一度、赤ちゃんを抱き上げる。もう一度言った。

「女の子でよかったわね」

そうして、心の中で、まだ名前のない目の前の女の子に囁く。

素敵な女の子になろうね。

（本書は平成十二年に小社より刊行された作品の新装版です）

一〇〇字書評

切り取り線

購買動機（新聞、雑誌名を記入するか、あるいは○をつけてください）

□（　　　　　　　　　　）の広告を見て
□（　　　　　　　　　　）の書評を見て
□ 知人のすすめで　　　　□ タイトルに惹かれて
□ カバーが良かったから　□ 内容が面白そうだから
□ 好きな作家だから　　　□ 好きな分野の本だから

・最近、最も感銘を受けた作品名をお書き下さい

・あなたのお好きな作家名をお書き下さい

・その他、ご要望がありましたらお書き下さい

住所	〒				
氏名		職業		年齢	
Eメール	※携帯には配信できません	新刊情報等のメール配信を 希望する・しない			

この本の感想を、編集部までお寄せいただけたらありがたく存じます。今後の企画の参考にさせていただきます。Eメールでも結構です。

いただいた「一〇〇字書評」は、新聞・雑誌等に紹介させていただくことがあります。その場合はお礼として特製図書カードを差し上げます。

前ページの原稿用紙に書評をお書きの上、切り取り、左記までお送り下さい。宛先の住所は不要です。

なお、ご記入いただいたお名前、ご住所等は、書評紹介の事前了解、謝礼のお届けのためだけに利用し、そのほかの目的のために利用することはありません。

〒一〇一－八七〇一
祥伝社文庫編集長　坂口芳和
電話　〇三（三二六五）二〇八〇

祥伝社ホームページの「ブックレビュー」からも、書き込めます。
www.shodensha.co.jp/bookreview

祥伝社文庫

茨姫《いばらひめ》はたたかう　新装版

令和 2 年 9 月 20 日　初版第 1 刷発行

著　者　近藤史恵《こんどうふみえ》
発行者　辻　浩明
発行所　祥伝社《しょうでんしゃ》
東京都千代田区神田神保町 3-3
〒101-8701
電話　03（3265）2081（販売部）
電話　03（3265）2080（編集部）
電話　03（3265）3622（業務部）
www.shodensha.co.jp

印刷所　萩原印刷
製本所　ナショナル製本
カバーフォーマットデザイン　芥 陽子

本書の無断複写は著作権法上での例外を除き禁じられています。また、代行業者など購入者以外の第三者による電子データ化及び電子書籍化は、たとえ個人や家庭内での利用でも著作権法違反です。
造本には十分注意しておりますが、万一、落丁・乱丁などの不良品がありましたら、「業務部」あてにお送り下さい。送料小社負担にてお取り替えいたします。ただし、古書店で購入されたものについてはお取り替え出来ません。

Printed in Japan ©2020, Fumie Kondo　ISBN978-4-396-34663-8 C0193

祥伝社文庫の好評既刊

近藤史恵　カナリヤは眠れない

整体師が感じた新妻の底知れぬ暗い影の正体とは？　蔓延する現代病理をミステリアスに描く傑作、誕生！

近藤史恵　Shelter〈シェルター〉

心のシェルターを求めて出逢った恵といずみ。愛し合い傷つけ合う若者の心に染みいる異色のミステリー。

近藤史恵　スーツケースの半分は

あなたの旅に、幸多かれ――青いスーツケースが運ぶ〝新しい私〟との出会い。心にふわっと風が吹く幸せつなぐ物語。

石持浅海　扉は閉ざされたまま

完璧な犯行のはずだった。それなのに彼女は――。開かない扉を前に、息詰まる頭脳戦が始まった……。

石持浅海　Rのつく月には気をつけよう

大学時代の仲間が集まる飲み会は、今夜も酒と肴《さかな》と恋の話で大盛り上がり。今回のゲストは……!?

石持浅海　君の望む死に方

「再読してなお面白い、一級品のミステリー」――作家・大倉崇裕《おおくらたかひろ》氏に最高の称号を贈られた傑作！

祥伝社文庫の好評既刊

石持浅海
彼女が追ってくる
かつての親友を殺した夏子《なつこ》。証拠隠滅は完璧。だが碓氷優佳《うすいゆか》は、死者が残したメッセージを見逃さなかった。

石持浅海
わたしたちが少女と呼ばれていた頃
教室は秘密と謎だらけ。少女と大人の間を揺れ動きながら成長していく。名探偵碓氷優佳の原点を描く学園ミステリー。

石持浅海
賛美せよ、と成功は言った
成功者の前で「殺意のスイッチ」を押したのは誰か？　女たちの静かで激しい心理戦。そして終焉後に走る、震慄――！

宇佐美まこと
入《い》らずの森
京極夏彦《きょうごくなつひこ》、千街晶之《せんがいあきゆき》、東雅夫《ひがしまさお》各氏太鼓判！　粘つく執念、底の見えない恐怖――すべては、その森から始まった。

宇佐美まこと
愚者《ぐしゃ》の毒
緑深い武蔵野、灰色の廃坑集落で仕組まれた陰惨な殺し……。ラスト1行まで震えが止まらない、衝撃のミステリ。

恩田　陸
不安な童話
「あなたは母の生まれ変わり」――変死した天才画家の遺子から告げられた万由子。直後、彼女に奇妙な事件が。

祥伝社文庫の好評既刊

恩田　陸　puzzle〈パズル〉

無機質な廃墟の島で見つかった、奇妙な遺体！　事故？　殺人？　二人の検事が謎に挑む驚愕のミステリー。

恩田　陸　象と耳鳴り

上品な婦人が唐突に語り始めた、象による殺人事件。彼女が少女時代に英国で遭遇したという奇怪な話の真相は？

恩田　陸　訪問者

顔のない男、映画の謎、昔語りの秘密——。一風変わった人物が集まった嵐の山荘に死の影が忍び寄る……。

原　宏一　床下仙人

洗面所で男が歯を磨いている。さらに妻と子がその男と談笑している⁉〝とんでも新奇想〟小説。

原　宏一　天下り酒場

居酒屋「やすべえ」の店主ヤスは、ある人物を雇ってほしいと常連客に頼まれた。現代日本風刺小説！

原　宏一　ダイナマイト・ツアーズ

自堕落夫婦の悠々自適生活が急転直下、借金まみれに！　奇才が放つ、はちゃめちゃ夫婦のアメリカ逃避行。

祥伝社文庫の好評既刊

原宏一
東京箱庭鉄道
二十八歳、技術ナシ、知識ナシ。いまだ自分探し中。そんな〝おれ〟が鉄道を敷く!? 夢の一大プロジェクト!

原宏一
佳代《かよ》のキッチン
もつれた謎と、人々の心を解くヒントは料理にアリ? 「移動調理屋」で両親を捜す佳代の美味しいロードノベル。

原宏一
女神めし 佳代のキッチン2
食文化の違いに悩む船橋《ふなばし》のミャンマー人、尾道《おのみち》ではリストラされた父を心配する娘——最高の一皿を作れるか?

柚月裕子
パレートの誤算
ベテランケースワーカーの山川《やまかわ》が殺された。被害者の素顔と不正受給の疑惑に、新人職員・牧野聡美《まきのさとみ》が迫る!

東野圭吾
ウインクで乾杯
パーティ・コンパニオンがホテルの客室で服毒死! 現場は完全な密室。見えざる魔の手の連続殺人。

東野圭吾
探偵倶楽部《くらぶ》
密室、アリバイ崩し、死体消失……政財界のVIPのみを会員とする調査機関・探偵倶楽部が鮮やかに暴く!

〈祥伝社文庫　今月の新刊〉

垣谷美雨
定年オヤジ改造計画
鈍感すぎる男たち、変わらなきゃ長い老後に居場所なし！　共感度120％の定年小説の傑作。

楡　周平
国士
俺たちは〝駒〟じゃない！　リストラ経験者たちが挑むフランチャイズビジネスの闇。

福田和代
キボウのミライ　S&S探偵事務所
少女を拉致した犯人を〝ウイルス〟で突き止めよ！　サイバーミステリーシリーズ第二弾。

近藤史恵
カナリヤは眠れない　新装版
彼女が買い物をやめられない理由は？　身体の声が聞こえる整体師・合田力が謎を解く。

近藤史恵
茨姫はたたかう　新装版
臆病な書店員に忍び寄るストーカーの素顔とは？　整体師探偵・合田力シリーズ第二弾。

葉室　麟
草笛物語
蒼天に、志燃ゆ。〈蜩ノ記〉を遺した戸田秋谷の死から十六年。羽根藩シリーズ、第五弾！

西條奈加
銀杏《ぎんなん》手ならい
手習所『銀杏堂』に集う筆子とともに成長していく、新米女師匠・萌の奮闘物語。

あさのあつこ
地に滾《たぎ》る
藩政刷新を願い、異母兄とともに江戸を目指す藤士郎。青春時代小説シリーズ第二弾！

辻堂　魁
神の子　花川戸町自身番日記
隅田川近くの横町で健気に懸命に生きる人々を描く、感涙必至の時代小説。

門田泰明
汝《きみ》よさらば（四）　浮世絵宗次日月抄
付け狙う刺客の影は、女？　病床にある宗次に迫る、シリーズ最大の危機。

西村京太郎
十津川警部　予土線《ローカル》に殺意が走る
宇和島の闘牛と闘牛士を戦わせる男。新幹線そっくりの〝ホビートレイン〟が死を招く！